Günter Huth

Der *Schoppenfetzer*
und die Krallen des Löwen

Foto: Rico Neitzel – Büro 71a

Günter Huth wurde 1949 in Würzburg geboren, und lebt seitdem in seiner Geburtsstadt. Er kann sich nicht vorstellen, in einer anderen Stadt zu leben.

Er ist Rechtspfleger (Fachjurist), verheiratet, drei Kinder.

Seit 1975 schreibt er in erster Linie Kinder- und Jugendbücher, Sachbücher aus dem Hunde- und Jagdbereich (ca. 60 Bücher). Außerdem hat er bisher Hunderte Kurzerzählungen veröffentlicht. In den letzten Jahren hat er sich vermehrt dem Genre Krimi zugewandt. 2003 kam ihm die Idee für einen Würzburger Regionalkrimi. „Der Schoppenfetzer" war geboren.

2013 erschien sein Mainfrankenthriller „Blutiger „Spessart", mit dem er die Simon-Kerner-Reihe eröffnete, mit der er eine völlig neue Facette seines Schaffens als Kriminalautor zeigt. Durch den Erfolg des ersten Bandes ermutigt, brachte er 2014 mit dem Titel „Das letzte Schwurgericht" den zweiten Band, 2015 mit „Todwald" den dritten Band, 2016 mit „Die Spur des Wolfes" den vierten Band und 2017 mit „Spessartblues" den fünften Band dieser Reihe auf den Markt.

Der Autor ist Mitglied der Kriminalschriftstellervereinigung „Das Syndikat".

Günter Huth

Der *Schoppenfetzer*
und die Krallen des Löwen

Der siebzehnte Fall des
Weingenießers Erich Rottmann

echter

Günter Huth
Der *Schoppenfetzer* und die Krallen des Löwens

© Echter Verlag, Würzburg
Alle Rechte vorbehalten

Cover: Konzept Peter Hellmund
Ausführung: Tobias Klose – Büro71a
Gestaltung Innenteil: Crossmediabureau
Gedruckt und gebunden von Friedrich Pustet, Regensburg

1. Auflage 2019

ISBN
978-3-429-05409-0 (Print)
978-3-429-05051-1 (PDF)
978-3-429-06453-2 (ePub)

www.echter.de

Die Hände des Verurteilten waren auf dem Rücken gefesselt. Zwei Soldaten der königlichen Garde führten ihn zwischen sich, wobei sie ihn stützen mussten, damit er nicht zusammenbrach. Ihr Ziel lag ein ganzes Stück von den letzten Häusern der Stadt entfernt in der Wüste. Dort wartete bereits in der sengenden Sonne eine zusammengewürfelte Menschenansammlung. Sie alle wollten der Hinrichtung von Ali ben Nurma beiwohnen. Er war wegen Vergewaltigung von Mara, der jungfräulichen Tochter des Kamelzüchters Yussuf ben Kulaiman, zum Tode durch Enthauptung verurteilt worden. Der König hatte das Todesurteil, das der Richter gemäß den Regeln der Scharia gefällt hatte, gestern bestätigt, es sollte jetzt vollstreckt werden. Der Henker, ebenfalls ein Soldat des Königs, stand schon am Platz der Vollstreckung bereit. Er stützte sich auf den Griff des traditionellen Krummschwerts der Beduinen, sein Kopftuch war nach hinten geschlagen, damit es ihn nicht behinderte. Der Scharfrichter war ein erfahrener Soldat der Garde, der in diesem Jahr schon mehr als ein Dutzend Todesstrafen mit dem Schwert vollstreckt hatte.

Vor der wartenden Menge hatte man ein offenes Zelt aufgestellt, in dem auf hohen Kissen der Richter, ein Vertreter des Königshauses mit einem Gast sowie der Vater des geschändeten Mädchens Platz genommen hatten.

Der Verurteilte wurde an den Platz der Hinrichtung geführt. Er wirkte völlig apathisch. Bekleidet war er mit dem weißen Gewand der Wüstenbewohner, allerdings ohne Kopfbedeckung. Die Soldaten verbanden ihm mit einer schwarzen Binde die Augen, dann drückten sie ihn auf die Knie. Mit gebeugtem Oberkörper kniete er im Sand. Die Soldaten traten zur Seite. Der Henker fasste das Krummschwert mit der rechten Hand, dann warf er einen fragenden Blick in Richtung des Vertreters des Königshauses. Seine königliche Hoheit, Prinz Faisal bin Yusuf 'Asada Aljabal, hob die Hand und nickte. Der Henker wandte sich dem Knienden zu, holte mit einer zügigen Bewegung aus und ließ die Klinge treffsicher auf den Nacken des Delinquenten niedersausen. Es gab ein kaum vernehmliches, knackendes Geräusch, als der scharfe Stahl durch Knochen und Sehnen fuhr und den Kopf mit einem Streich vom Körper trennte. Durch die Menge ging ein gedämpfter Aufschrei, dann trat wieder Ruhe ein. Der Körper des Hingerichteten fiel langsam nach vorne und sein Blut ergoss sich in den Sand, wo es schnell versickerte. Der Henker drehte sich um und verneigte sich in Richtung der Ehrenplätze. Dann verließ er gemessenen Schrittes die Hinrichtungsstätte. Um die Leiche würde sich später die Familie des Gerichteten kümmern. Die Menschen entfernten sich langsam in Richtung Stadt. Prinz Faisal und sein Gast fuhren in einem in der Nähe geparkten Geländewagen zum Stadthaus seiner königlichen Hoheit.

Die Räume in dem vornehmen Stadthaus in Baramutha-City waren verhältnismäßig kühl, während draußen Temperaturen von vierzig Grad Celsius und darüber herrschten. Aus der Wüste kam stetig ein heißer Wind, der im inneren Hof der Gebäudeanlage durch einen großen Springbrunnen und zahlreiche Pflanzen eine merkliche Abkühlung erfuhr. Die kühlere Luft sank nach unten und erzeugte in den ebenerdigen Räumen, in denen sich die Menschen tagsüber meist aufhielten, ein angenehmes Klima.

Die mit aufwändigen blauen Mosaiken verzierte Kuppel des hauseigenen Hamams überspannte den typischen arabischen Baderaum. Durch kleine, symmetrisch angeordnete Glassteine fiel Tageslicht herein. In der Mitte des ganz in Marmor gehaltenen Ovals befand sich ein Nabelstein, ein rundes, angewärmtes Marmorpodest. Nachdem sich die beiden einzigen Männer, die das Bad zur Stunde benutzten, mit rituellen Wassergüssen aus Kupferschalen abgewaschen hatten, legten sie sich, lediglich mit einem um die Hüften geschlungenen Hamamtuch bekleidet, auf den Stein. Eine schweißtreibende Raumtemperatur von ca. 50 Grad Celsius sowie eine Luftfeuchtigkeit von 65 Prozent sorgten für eine optimale Entspannung der Muskulatur. Nachdem Körper und Geist perfekt vorbereitet waren, gab der weißhaarige Ältere den beiden im Hintergrund wartenden Männern ein Zeichen. Die ebenfalls nur mit einem Hüfttuch bekleideten Hamammeister kamen sofort nach vorne und begannen mit der rituellen Prozedur. Mit einem rauen Waschlappen rieben sie den Schweiß des Tages und die abgestorbenen Hautschuppen von den Körpern. Anschließend wurden beide Männer mit reichlich Seifenschaum bedeckt, massiert und zwischendurch mit warmen und kalten Güssen abgewaschen. Nachdem die Reinigung abgeschlossen war, begann die eigentliche Massage. Als die Muskeln der beiden gründlich durchgewalkt waren, stiegen ihnen die Bademeister auf den Rücken und bearbeiteten alle Muskelpartien nochmals intensiv mit den Füßen. Am Ende der Behandlung wurden sie mit Wasser gereinigt, dann verbeugten sich die Hamammeister und verschwanden lautlos im Hintergrund.

Der Weißhaarige erhob sich zuerst. Sein Gast folgte ihm. Sie wickelten sich in frische Tücher und begaben sich in eine Art Ruheraum. Dort ließen sie sich auf bequemen Liegen nieder. Wie von Zauberhand erschien wieder ein dienstbarer Geist und schenkte ihnen starken, reichlich gesüßten Tee in dünne Gläser ein. Vorsichtig begannen sie, das heiße Getränk zu schlürfen.

Nachdem der Ältere und offensichtlich auch Ranghöhere sein Glas geleert hatte, erhob er sich aus seiner liegenden Position und stand auf.

„In einer halben Stunde werde ich Dich empfangen", erklärte er bestimmt und unterbrach damit erstmals das Schweigen, das während des Besuchs im Hamam herrschte, dann verließ er den Raum.

Der Gast erhob sich ebenfalls und wurde von einem Bediensteten in die Räumlichkeiten begleitet, die er während seines Aufenthalts im Stadthaus bewohnte.

Später saßen sich beide, nun in der Tracht der Beduinen gekleidet, auf großen, bunten Sitzkissen gegenüber. Zwischen ihnen stand ein kleiner, niedriger Tisch, der mit wertvollen Holzintarsienarbeiten ausgelegt war. Gerade eben hatte ihnen ein Bediensteter erneut frischen, heißen Tee eingeschenkt. In Reichweite stand ein Gefäß mit frischen Datteln.

Beide trugen zum Gewand das traditionelle Kopftuch, das mit einer schwarzen Kordel gehalten wurde. Die Haltung und der Umgang des Älteren gegenüber den Bediensteten wiesen ihn unschwer als Hausherrn aus. Üppiger Schmuck an seinen Fingern zeugte von seinem Reichtum. Er nahm einen tiefen Zug aus dem Mundstück einer Shisha, inhalierte den Rauch und stieß ihn dann nach kurzer Verzögerung wieder aus. Mit einem Handzeichen forderte er seinen Gast auf, sich das zweite Mundstück zu nehmen und mit ihm zu rauchen. Sofort folgte der Jüngere dieser Einladung. Kurz darauf bot ihm der Ältere eine Dattel an. Mit einem Kopfnicken bedankte er sich und griff zu, obwohl er nach dem Erleben der Hinrichtung innerlich noch ziemlich angespannt war und eigentlich keinen Appetit verspürte. Es war aber klar, dass er nicht die Unhöflichkeit begehen durfte, das Angebot abzulehnen.

„Du weißt von meinen Plänen", eröffnete der Ältere das Gespräch. Der Angesprochene neigte zustimmend seinen Kopf.

„Du kennst außerdem meine Wünsche und Neigungen, die ich gerne mit Geschäften verbinde und Du wirst dafür Sorge tragen, sie auch bei meinem nächsten Projekt zu erfüllen. Geld spielt dabei keine Rolle! Unterrichte mich regelmäßig über Deine Ergebnisse. Dies ist mein erster Besuch in diesem Land und ich möchte, dass er für mich in jeder Beziehung befriedigend wird." Er zog mehrmals an der Pfeife, dabei fixierte er sein Gegenüber mit scharfem Blick. „Du kennst mich", fuhr er mit sanfter Stimme fort, „mein Sternzeichen ist der Löwe. Denk immer dran, wer den Löwen reizt, bekommt seine Krallen zu spüren … Aber das hast Du heute ja erfahren." Ein maliziös angehauchtes Lächeln huschte über sein Gesicht. „Ruhe Dich den heutigen Tag noch aus. Am Abend werde ich zu einem Essen Gäste empfangen. Auch hierzu bist Du herzlich eingeladen. Morgen, nach dem Morgengebet wirst Du uns verlassen und zurückfliegen. … Du kannst Dich jetzt zurückziehen.

As-salamu alaykum, Friede sei mit Dir."

Der Mann erhob sich und verneigte sich respektvoll.

„Wa alaykum as-salam … und Friede sei mit dir." Damit verließ er den Raum. Obwohl das Gespräch, oberflächlich gesehen, harmonisch verlaufen war, war ihm klar, versagen durfte er nicht. Von seiner eher väterlich wirkenden Aura durfte man sich nicht täuschen lassen. Die Macht des Mannes reichte bis in die Spitze der Herrschaftsstrukturen dieses Landes. Die heutige Hinrichtung war ein Beispiel dafür, wie der Prinz Menschen bestrafen ließ, die gegen die Gesetze verstießen. Ähnliche Strenge pflegte er gegenüber Menschen, die nach seiner Ansicht bei der Umsetzung seiner Wünsche versagten. Die Krallen des Löwen konnten grausam sein.

Sechs Wochen danach, im Weinkeller des Besitzers einer
bekannten Würzburger Kfz-Werkstatt:

Die drei Hauptorganisatoren der bekannten unterfränkischen Krimi-Filmreihe DADORD WÜRZBURCH, Grün-
der der TV-Produktionsfirma *Radiotelevision Rimpar-HD,*
saßen mit zerknitterten Mienen im Partykeller ihres Haupt-
sponsors und schütteten einen Energy-Drink nach dem anderen in sich hinein, ohne dabei eine wesentliche Beflügelung
ihres Geistes zu verspüren. Der Grund dieser Krisensitzung
war durchaus als existenziell zu bezeichnen. Als Verantwort-
liche für Drehbuch und Umsetzung, war vonseiten der Sponsoren an sie der Wunsch herangetragen worden, der Film-
Reihe einen merklichen dynamischen Schub zu verpassen.
Das Format sei mittlerweile zu brav und spreche zu wenig die
internetverwöhnte Jugend an, wurde bemängelt. Diese Ziel-
gruppe sei hardcoremäßig an Mord und Totschlag gewöhnt
und durch die erfundenen Kriminalfälle kaum noch in die
Kinos zu bekommen.

„Ich wäss gar nid, was die wolle", grollte Schöpf-Kelle. Neben seiner Brottätigkeit als rasender Reporter der Mainpostille, brachte er in den Filmen sein ganzes schauspielerisches
Können als windiger Detektiv Axel Strick ein. „Bis jedzd läffd
doch alles hervorprächdich! Unser Vorführunge sind doch
immer gerammeld voll!"

„Na ja, die Damen und Herren Sponsoren meene halt, dass
mer bei unsere Filmli mehr in Richdung Realidy gehn solld.
Die junge Leud sind doch durch die ganze Drashformade im
Fernseh dodal übersäddicht. Mid ennere gschmingde Leiche
im Wengerd kannsde doch von denne kenn mehr hinnerm Ofe
vorhol. Da muss es doch mindesdens en perverser Serienkiller
sei, der in sei Subbe Läberklösli aus Menscheläber kochd."

Heribert Dunstig, der Finanzdirektor der Produktion, sorgte sich um seinen Etat.

„Ja, solle mer jedzd irchend enn um die Ecke bring, damit die zufriede sinn?", erregte sich Ulfi Pinzetti.

Schöpf-Kelle, alias Strick, verzog das Gesicht. „Also mit Mord könne mer da nix mach. Da mach ich nid mid. Des is mer einfach zu spuki. Zeich mir enn Schauschbieler, der sich für a Middachesse um die Egge bring lässd." Er stieß ein keckerndes Lachen aus. „Awwer vielleichd finde mer jemand, der in Würzburch a Endführung bland. Vielleichd irchendenn vom Radhaus? Da könnde mer uns doch dramadurgisch mit neihäng."

„So enn Quadsch!", erwiderte Dunstig. „Du findst doch in ganz Würzburch kenn enziche Polidiker, für den irchendjemand a Lösegeld zahl däd. Des kannsde vergäss!"

„Vielleichd hör mer uns mal beim Klerus um. Könnd ja sei, dass dord der enne oder annere froh wär, wenn der enne oder annere endführd würd." Pinzetti zuckte grinsend mit den Schultern.

Im Keller trat bleierne Ruhe ein. Bei den Herren reifte langsam die Ahnung, dass sie zukünftig beim Drehbuch mehr an die Grenzen der Legalität würden gehen müssen. Nach einer ausgiebigen Denkpause stellte Schöpf-Kelle seine Getränkedose geräuschvoll auf den Tisch zurück.

„Also, Leut, ich hätt da so ä Idee. Ich hab da so a paar Insider-Informadione, mid dene könnd mer was anfang. Es is nid ganz ungfährlich, awwer, wenn des hinhaue däd, dann däd des enn richdiche Knüller gäbb, da könnt ihr enn druff lass!"

Die drei steckten die Köpfe zusammen und Schöpf-Kelle erläuterte seinen Kollegen in groben Zügen seine Idee. Je länger er sprach, desto mehr erwärmten sie sich für seine Pläne.

„Da mussde hald dei Quelle richdich anzapf", meinte Pinzetti nachdrücklich. „Ich wäs ja nid, was de der oder dem versproche hasd, jedenfalls mussde noch a Brigeddle nachlech!"

„Da machd euch a mal ke Sorche, die Quelle hab ich voll im Griff!" Er stieß ein keckerndes Lachen aus. „Morche werd ich mich glei widder verschtärkd drum kümmern." Er zwinkerte seinen Kumpanen verschwörerisch zu.

Erich Rottmann, pensionierter Chef der Würzburger Mordkommission und Gründungsmitglied des Stammtisches *DIE SCHOPPENFETZER*, warf den Zeitungsartikel aus der Mainpostille, den Schoppenfreund Ron Schneider mitgebracht hatte und über dessen Inhalt sich die Stammtischbrüder gerade die Köpfe heiß diskutierten, zurück auf den runden Tisch. Dort landete er ungewollt auf seinem leeren Teller, den Rottmann gerade eben von seinem Grundnahrungsmittel, einer gehörigen Portion Leberkäs, befreit hatte. Die fetten Saftrückstände wurden von dem Zeitungspapier sofort gierig aufgesogen.

Es war Montagvormittag, elf Uhr. Die Stammtischbrüder waren bester Laune, war doch der entbehrungsreiche, stammtischfreie Sonntag endlich überstanden und sie konnten sich wieder den wichtigen Themen der Würzburger Stadtpolitik widmen. Tagesordnungspunkt Nummer eins dieses Morgens war der Artikel vom Starreporter Schöpf-Kelle, den Erich Rottmann gerade so despektierlich in die Fettrückstände seines Tellers entsorgt hatte. In dieser Reportage ließ er sich über das neueste Projekt der Stadtregierung aus: Der Bau einer Gondelseilbahn von der Steinburg über das gesamte Maintal bis hinauf zur Festung Marienberg.

„Also, eins muss man unseren Stadtvätern wirklich lassen, kaum haben sie eine Sau ergebnislos durchs Dorf getrieben, schon hetzen sie die nächste hinterher." Rottmann schüttelte den Kopf.

Ron Schneider, ebenfalls Gründungsmitglied des Stammtisches und ehemaliger Seniorpartner einer großen Anwaltskanzlei, winkte lässig ab.

„Nehmt es mir nicht übel, aber der Begriff ‚hetzen‘ im Zusammenhang mit den Amtsträgern, die in unserem Rathaus auf den Stühlen herumsitzen, erscheint mir doch etwas unangebracht." Er gab ein keckerndes Lachen von sich, das er aber abrupt abbrach. Seine linke Hand schnellte zum Mund und vollzog dort im Schutz der vorgehaltenen zweiten Handfläche ordnende Griffe. Die Stammtischbrüder sahen wie immer darüber hinweg. Wussten sie doch, dass ihr Stammtischbruder gelegentlich Probleme mit dem Sitz seiner „Dritten" hatte, die er aus Ersparnisgründen in einem Prothetikstudio in Rumänien hatte anfertigen lassen. Leider nicht ganz zu seiner Zufriedenheit.

„Wahrscheinlich wird das genauso eine Pleite, wie der schon lange zu den Akten gelegte Aufzug vom Spitäle zur Festung. Da habe ich schon lange keine Illusionen mehr." Xaver Marschmann, ehemals Undercoveragent bei der Kripo, leerte sein Schoppenglas und hielt es in die Höhe, worauf Anni, die Bedienung, sofort herbeigeeilt kam, um für Nachschub zu sorgen.

„Na ja, so eine Seilbahn wäre ja eigentlich, ökologisch gesehen, eine Supersache", meldete sich Dr. Horst Ritter zu Wort. Seit der pensionierte Leiter der Würzburger Staatsanwaltschaft im letzten Jahr seine ehemalige Sekretärin geheiratet hatte, war er immer besonders pünktlich beim Stammtisch. „Die Stadt würde doch erheblich vom Individualverkehr und der damit zusammenhängenden Luftverschmutzung entlastet. Ein absoluter Gewinn für unsere Ökobilanz!"

„In dem Artikel steht ja, sie hätten bereits einen interessierten Investor gefunden. Man soll's nicht glauben …"

Rottmann unterbrach seine Ausführungen, um mit einem Schluck Silvaner die Kehle zu befeuchten. In diesem Augenblick wurde er von einer Hundenase zart gegen die Wade geschubst. Öchsle, der während des Stammtisches immer unter der Bank lag und das übliche Nickerchen machte, war offenbar aufgewacht und machte sich nun bemerkbar. Seinem Zeitgefühl und dem Druck seiner Blase nach, war es an der Zeit, den Stammtisch zu beenden, um wieder einmal das städtische Gartenamt beim Gießen der Bäume zu unterstützen.

Öchsle, als erfahrener Hund seines Herrn, wusste, dass er diese Aufforderung noch einige Mal mit sich steigerndem Nachdruck wiederholen musste, ehe sich Rottmann von der Bank erhob.

Die Stammtischbrüder richteten plötzlich, wie auf ein geheimes Kommando, ihr Augenmerk auf Erich Rottmann.

„Erich, weißt du vielleicht mehr?", wollte Xaver Marschmann mit zusammengekniffen Augen wissen. Die Schoppenbrüder wussten ja, dass der ehemalige Leiter der Würzburger Mordkommission vielschichtige Kontakte ins Rathaus pflegte. Darunter war sein Bekanntschaftsverhältnis zu Elvira Stark, der Reinemachefrau auf der Chefetage, nur eines unter mehreren. Aber ein äußerst informatives!

Rottmann hob abwehrend die Hände. „Ich weiß gar nicht, was ihr wollt. Was in der Zeitung steht, wisst ihr doch alle, und …" Nach einer kleinen gekonnten Kunstpause ergänzte er: „… alles andere sind wirklich reine Gerüchte."

„Jetzt lass dir doch nicht jede Antwort einzeln aus der Nase ziehen", maulte Ron Schneider, „du weißt doch was, das sehe ich dir doch an!"

„Gott, ihr könnt ganz schön nerven!" Rottmann blickte in die Gesichter seiner Stammtischbrüder, die ihn neugierig fixierten. „Was ich jetzt sage", fuhr er schließlich mit gesenkter Stimme fort, „ist alles nur Rathaustratsch, ohne wirkliche Substanz!" Der Exkommissar wusste die Spannung seiner Zuhörer aufrecht zu erhalten. „Im Rathaus hält sich zäh das Gerücht, dass sich ein Ölscheich aus den *Vereinigten Arabischen Emiraten* für dieses Projekt interessiert. Mehr kann ich dazu auch nicht sagen."

Einige der Stammtischbrüder ließen vernehmlich die Luft ab.

„Wusste ich es doch!", stellte Ron Schneider triumphierend fest. „Erich, der alte Geheimniskrämer, ist schon wieder voll informiert! Komm, jetzt hast Du gegaggert, dann kannst Du das Ei auch legen!"

Erich Rottmann winkte etwas genervt ab. So war es mit den Burschen immer, reichte man ihnen den kleinen Finger, wollten sie gleich die ganze Hand. Zum Zeichen seines Aufbruchs klopfte er mit dem Knöchel auf die Tischplatte. Er hatte das dringende Bedürfnis, sich etwas Dampf aus seiner Bruyère zu gönnen. Ein paar Minuten später marschierte er mit Öchsle im Gefolge, eine duftende Rauchwolke hinter sich herziehend, die Maulhardgasse hinunter. Sein Ziel war der Mainkai, an dem entlang er Öchsle in Richtung Randersacker etwas Auslauf gönnen wollte. Innerlich amüsierte er sich. Seine Schoppenbrüder hatten natürlich richtig vermutet. Rottmann verfügte selbstverständlich über ein paar Informationen mehr, als er seinen neugierigen Stammtischbrüdern preisgegeben hatte. Er hatte aber Elvira Stark, seiner Informationsquelle, absolute Diskretion zusichern müssen, und daran hielt er sich auch. Es gab, da war er sich sicher, in ganz Unterfranken nur wenige Menschen, die geschwätziger waren als seine Schoppenbrüder.

Am späten Nachmittag des gleichen Tages rollte der PS-starke SUV einer deutschen Edelmarke auf den Ehrenhof des Rathauses und hielt direkt neben dem Eingang. Noch ehe die Insassen aussteigen konnten, öffnete sich die automatische Eingangstür und Korbinian Schwarz, Leiter der Pressestelle des Oberbürgermeisters, kam heraus und näherte sich dem Fahrzeug. Gleichzeitig gingen die beiden vorderen Autotüren auf und Fahrer sowie Beifahrer stiegen aus. Während der Fahrer die Umgebung musterte, öffnete der Beifahrer den hinteren Wagenschlag. Ein schlanker Mann im schwarzen Anzug stieg langsam aus dem Fond, dabei nahm er eine dunkle Sonnenbrille ab. Der graumelierte Ankömmling, den man aufgrund seiner Gesichtszüge und der dunkleren Hautfarbe schnell als Mensch orientalischer Abstammung einordnen konnte, lächelte knapp, sprach ein paar kurze Worte zu seinem Fahrer, dann wandte er sich dem Pressesprecher zu.

Korbinian Schwarz machte einige Schritte auf ihn zu und reichte ihm die Hand. Mit gesenkter Stimme sagte er: „Konsul Ibrahim Abdel Wahab, ich darf Sie im Namen des Herrn Oberbürgermeisters sehr herzlich in Würzburg begrüßen. Ich hoffe, Sie hatten eine unproblematische Fahrt von Berlin hierher. Man hat mir gesagt, dass Sie ganz ausgezeichnet deutsch sprechen, daher habe ich auf den Einsatz eines Dolmetschers verzichtet. Ich hoffe, das geht in Ordnung?"

Der Konsul nickte. „Ich grüße Sie ebenfalls und danke für die Einladung in ihre schöne Stadt. Ich hatte die Freude, einige Jahre an der Universität Bonn Informatik zu studieren. Dabei habe ich mir bescheidene Kenntnisse Ihrer Sprache angeeignet. Außerdem steht für alle Fälle Omar, mein Sekretär, zur Verfügung", er wies auf den Mann, der ihm den Wagenschlag geöffnet hatte, „er hat Diplome für mehreren Sprachen, unter anderem auch Deutsch. Sollte ich einmal nicht weiterkommen, wird er gerne einspringen. Seine Aufgabe ist es außerdem, unsere Zusammenkunft fotografisch zu dokumentieren. Seine königliche Hoheit Prinz Faisal bin Yusuf 'Asada Aljabal möchte gerne umfassend über unser Treffen informiert werden." Der Sekretär verneigte sich knapp, drehte sich um und schoss mit einer kleinen Kamera, die er aus seiner Jacke hervorgezaubert hatte, mehrere Bilder des Ehrenhofes mit der Limousine des Konsuls.

„Im Übrigen", fuhr der Konsul fort, „wäre ich Ihnen sehr verbunden, wenn Sie mich in Gegenwart unbeteiligter Dritter ohne Titel ansprechen würden. Wir hatten ja für unser Treffen absolute Diskretion vereinbart."

„Ja, natürlich", gab Schwarz zurück, „wie Sie wünschen." Er wies mit der Hand in Richtung Eingang. „Dann darf ich Sie hereinbitten. Der Herr Oberbürgermeister erwartet Sie bereits in seinem Dienstzimmer."

Der Gast wies auf das Fahrzeug. „Kann der Wagen hier parken? Ich würde Achmed gerne in meiner Nähe wissen."

„Aber selbstverständlich", gab Schwarz zurück. Er war sich sicher, dass der Mann namens Achmed neben seiner Aufgabe als Fahrer auch als Bodyguard des Konsuls fungierte. „Kann ich Ihrem Fahrer eine Erfrischung bringen lassen?"

„Sehr freundlich", erwiderte der Konsul, „aber vielen Dank, Achmed benötigt keine Betreuung." Er warf seinem Sekretär einen kurzen Satz auf Arabisch zu, worauf dieser ins Fahrzeug griff und einen Aktenkoffer aus Leder herausholte. Er wechselte einige Worte mit dem Fahrer, dann folgte er dem Konsul, der bereits eingetreten war. Schwarz schloss die Tür hinter ihnen ab. Man hatte das Treffen bewusst zu dieser Tageszeit vereinbart, da das Rathaus jetzt offiziell geschlossen und das Personal, bis auf wenige Ausnahmen, im Feierabend war.

Achmed lehnte sich gegen die Karosserie des Fahrzeugs. Er war es gewohnt zu warten. Mit einem gewohnheitsmäßigen Handgriff langte er unter sein Jackett und rückte unter der linken Achsel das Pistolenholster zurecht. Er gehörte zur Militärmannschaft der Botschaft des Königreichs Baramutha in Berlin und war dem Konsul als Fahrer und Leibwächter zugeteilt. Baramutha war ein kleines Inselkönigreich nördlich von Bahrain und östlich von Saudi-Arabien. Zwei Jahrhunderte lang gründete sich der Wohlstand des regierenden Königshauses auf der Zucht wertvoller Rennkamele. Das änderte sich schlagartig, als in jüngerer Zeit vor der Küste des Königreichs ein reichhaltiges Erdölvorkommen entdeckt und erschlossen wurde. Die Kamelzucht wurde nur noch von einigen reichen Angehörigen des Königshauses praktiziert.

Der Konsul und sein Sekretär folgten dem Pressesprecher durchs Haus, wobei dieser ihnen einige Erläuterungen zur Geschichte des Rathauses gab. Immer wieder schoss Omar mal ein Foto, wobei die Sinnhaftigkeit mancher Aufnahmen Schwarz verschlossen blieb. Sie begegneten niemand. Diese diskrete Handhabung des Besuchs des Konsuls war durchaus auch im Sinne des Oberbürgermeisters. Im Rathaus ein Projekt unter der Decke zu halten, war schwieriger als einen Sack Flöhe zu hüten. Der Beweis war ein Presseartikel von heute, der so niemals hätte erscheinen dürfen. Da hatte wieder einmal irgendein Wichtigheimer eine Info an die Presse durchgestochen.

Auf dem Stockwerk mit den Diensträumen des Oberbürgermeisters stießen sie, als sie um eine Ecke bogen, unvermittelt auf eine Reinemachefrau, die dabei war, vor dem Zimmer des OB den Boden zu wischen. Schwarz stieß innerlich einen Fluch aus. Er hatte nicht daran gedacht, auch das Reinigungspersonal heute früher nach Hause zu schicken. Ausgerechnet Elvira Stark, die amtsbekannt am städtischen Geschehen intensiv Anteil nahm, schwang hier den Putzlappen. Ein Ausweichen war nicht mehr möglich. Äußerlich ließ sich Schwarz jedoch nichts anmerken.

„Hallo, Frau Stark, immer noch fleißig", stellte er fest und nickte grüßend. Seine Begleiter musterten die Reinemachefrau wortlos mit durchdringenden Blicken. Omar hob die Kamera und schoss überraschenderweise von Elvira mehrere Bilder.

„Ja, es bleibt einem doch nichts anderes übrig", gab Elvira Stark zurück. Sie warf dem Fotografen einen misstrauischen Blick zu. „Haben Sie jetzt noch eine Besprechung beim OB, ich war nämlich noch nicht drin, um sauber zu machen."

Der Pressesprecher blieb kurz stehen. „Frau Stark, das Zimmer des OB können Sie heute mal auslassen. Nehmen Sie sich doch den Rest des Tages frei. Wir haben jetzt noch eine längere Besprechung beim Chef, die sich wahrscheinlich bis in den Abend hineinziehen wird. Verschieben Sie die Reinigungsaktion bitte auf morgen. Der OB wird deshalb nicht gleich im Schmutz ersticken." Er lächelte freundlich, dann eilte er mit seinem Begleiter weiter.

„Na ja, wenn Sie meinen", murmelte Elvira Stark leise. Sie drückte ihren Wischmopp im Putzeimer aus, dann belud sie ihren Putzwagen und schob ihn in Richtung Aufzug. Sie fand es recht merkwürdig, von dem einen Begleiter des Pressesprechers einfach fotografiert worden zu sein, ohne dass man sie vorher gefragt hatte. Dem äußeren Erscheinungsbild nach konnten die beiden Männer arabischer Herkunft sein. Irgendwie hatte sie das Gefühl, ihre Begegnung mit den Fremden auf dem Flur war Schwarz unangenehm gewesen. Da lief beim OB offenbar so etwas wie Geheimdiplomatie. Diese Besprechung scheute offenbar das Licht der Öffentlichkeit! Dieser Eindruck, zusammen mit den heutigen Veröffentlichungen in der Presse, ließen sie vermuten, dass an diesen Spekulationen etwas Wahres dran sein könnte. Nachdem Elvira Stark ihr Equipment verstaut und sie sich umgezogen hatte, verließ sie das Rathaus. Sie beschloss, die unverhofft gewonnene Freizeit für ein Tässchen Kaffee und ein schönes Stück Kuchen auf dem Unteren Markt zu nutzen.

Pressesprecher Schwarz klopfte an die Tür des Büros des Rathauschefs und trat, ohne eine Aufforderung abzuwarten, ein. Sofort trat er zur Seite und ließ den Konsul an sich vorbeigehen. Oberbürgermeister Schluckthardt sprang von seinem Bürosessel auf und kam seinen beiden Besuchern mit ausgestreckter Hand entgegen. Während Schwarz die Herren einander vorstellte, rief OB Schluckthardt: „Herr Konsul, es ist mir eine große Freude, Sie und ihren Begleiter hier in Würzburg begrüßen zu dürfen. Ich hoffe, Sie hatten eine angenehme Anreise." Er machte eine einladende Geste in Richtung eines ovalen Besprechungstisches, der mit weißem Kaffeegeschirr eingedeckt war. Der Konsul gab seinem Sekretär einen Wink, worauf sich dieser auf einen Stuhl setzte, der abseits vom Tisch an der Wand stand. Dann ließ sich der Konsul nieder, dabei erwiderte er: „Ich darf mich im Namen SKH, Prinz Faisal bin Yusuf 'Asada Aljabal, sehr herzlich für Ihre Einladung bedanken. Ich möchte gleich zu Beginn unseres Gesprächs klarstellen, es ist heute meine Aufgabe, den Besuch des Prinzen in allen organisatorischen Details zu besprechen und vorzubereiten. Deshalb wird auch mein Sekretär hin und wieder fürs Protokoll Notizen und Fotos machen, damit wir SKH authentisch informieren können. Es gehört jedoch nicht zu meinen Pflichten, in irgendeiner Form geschäftliche Dinge zu besprechen."

Oberbürgermeister Schluckthardt warf seinem Pressesprecher einen etwas irritierten Blick zu, dann entgegnete er, seine Verunsicherung überspielend: „Das war mir zwar so nicht bekannt, stellt aber für uns in keiner Form ein Problem dar."

Schwarz stand auf, öffnete die Tür zum Vorzimmer und sagte etwas hinaus. Sekunden später kam Frau Schmätzle-Eifrig, die Sekretärin des Oberbürgermeisters, mit einem Tablett herein, auf dem eine Kanne Kaffee und eine Etagere mit verschiedenen Gebäckstücken stand. Sabrina Schmätzle-Eifrig war eine sehr gut aussehende Frau im ersten Lebensdrittel. Sie besaß eine sportliche Figur, blonde, kurze Haare und war vorteilhaft geschminkt. Sie achtete offensichtlich sehr sorgfältig auf ihr Äußeres und ihr Auftreten. Man konnte ohne Übertreibung sagen, sie war die gute Seele des Chefsekretariats. Kaum war sie im Raum, hob Omar seine Kamera und schoss eifrig mehrere Fotos. Etwas verwundert musterte sie den Mann, als sie jedoch die beschwichtigende Mimik des Pressesprechers sah, trat sie, ohne dies zu kommentieren, an den Tisch.

„Herr Konsul, ich denke, eine kleine Stärkung nach der langen Fahrt wird Ihnen sicher guttun." Der Oberbürgermeister war froh, von dem etwas problematischen Beginn des Gesprächs ablenken zu können.

Der Konsul ließ sich von Frau Schmätzle-Eifrig einschenken, führte dabei aber die Unterhaltung nicht fort. Die Sekretärin war durch das Fotografieren offenbar etwas abgelenkt, denn sie verrutschte dabei ungewollt die Tasse ein wenig, sodass einige Spritzer Kaffee auf der Untertasse landeten. Sie entschuldigte sich eifrig und wischte das kleine Malheur geschickt mit einer Serviette auf.

„ICH muss mich entschuldigen", erwiderte der Konsul, „das war meine Schuld." Er lächelte sie freundlich an, dabei unterzog er sie ganz unverhohlen einer gründlichen Musterung, wobei sein Augenmerk speziell auf ihre blonden Haare gerichtet war. Sie bemerkte natürlich das offensichtliche Interesse des Mannes und schlagartig überzog ein roter Schimmer ihre Wangen. Hastig zog sie sich wieder in ihr Büro zurück. Dabei bemerkten die Herren allerdings nicht, dass sie die Tür nicht vollständig schloss. Hätte man sie darauf aufmerksam gemacht, hätte sie erklärt, hören zu wollen, ob die Gesprächspartner noch einmal ihrer Dienste bedurften.

Dem Pressesprecher war die auffällige Musterung der Chefsekretärin durch den Konsul natürlich nicht entgangen. Er selbst hatte ja ganz privat auch den Eindruck, Frau Schmätzle-Eifrig sei seit ihrer Scheidung vor einem halben Jahr regelrecht aufgeblüht. Die ehemalige Weinprinzessin genoss offensichtlich ihr Leben. Er konzentrierte sich wieder auf das Gespräch. Der Konsul wandte sich nun seinen beiden Gesprächspartnern zu und kam ohne Umschweife zur Sache.

„Herr Oberbürgermeister, Prinz Faisal wird mit seiner mindestens fünfzehnköpfigen Entourage anreisen. Bei derartigen Geschäftstreffen werden üblicherweise im ersten Haus am Platz entsprechende Suiten mit diversen Räumen benötigt. Wir haben im Vorfeld bereits umfangreiche Recherchen betrieben. SKH wünscht im *Schlosshotel Steinburg* in den Weinbergen über der Stadt zu residieren. Dort ist in einer Mauer ein in Stein gehauener Löwe abgebildet, der SKH zu diesem Wunsch animiert hat. Sie müssen wissen, der Prinz führt in seinem Namen die Ehrenbezeichnung 'Asada Aljabal, der Berglöwe. Schon seit Jahren lebt in seinem Haus ein Löwe, den er mit der Flasche aufgezogen hat." Er bemerkte natürlich die Blicke, die sich seine Gesprächspartner zuwarfen, ignorierte sie aber. „Das Schlosshotel liegt sehr abgeschieden und bietet nach unseren Recherchen die erforderlichen Mindeststandards, die der Prinz für sich und seine Frauen sowie das Personal beansprucht. Hervorzuheben ist das anspruchsvolle Sicherheitsbedürfnis SKH. Sicherheitspersonal benötigen wir nicht, da der Prinz eine ausreichende Anzahl an Leibwächtern mitbringen wird." Der Konsul legte eine Kunstpause ein, um seinen Zuhörern die Möglichkeit zu geben, die Informationen zu verarbeiten, dann ergänzte er: „Wir gehen natürlich davon aus, dass der Prinz Gast Ihrer Stadt ist." Er beugte sich auf seinem Stuhl nach vorne, um die Distanz zwischen sich und seinen Gesprächspartnern zu verringern, um so temporär eine vertrauliche Atmosphäre zu schaffen. „Die Erfahrung hat gezeigt, dass der Prinz, obwohl er von seinen drei Frauen begleitet wird, auch großes Interesse daran hat, die weibliche Bevölkerung des jeweiligen Gastlandes kennenzulernen."

Auf den Stirnen der beiden Stadtvertreter zeigten sich schlagartig tiefe Denkerfalten, währenddessen der Konsul weiter nach einer passenden Formulierung für seine Ausführungen suchte.

„Es würde der Stimmung des Prinzen und der allgemeinen Verhandlungsatmosphäre sehr zum Vorteil gereichen, wenn man SKH die Möglichkeit böte, eine typische Vertreterin des unterfränkischen weiblichen Geschlechts kennenzulernen." Der Konsul hob die Hand. „Damit Sie mich nicht missverstehen, es geht nicht um die Bekanntschaft mit Escortdamen oder dergleichen. Das würde den Prinzen zutiefst beleidigen! Im Vorfeld hat er, nachdem er sich mit den Bräuchen und Gepflogenheiten Unterfrankens beschäftigte, geäußert, beispielsweise gerne eine Weinprinzessin kennenlernen zu wollen. Das würde er sehr reizvoll finden. Sie verstehen, was ich meine …"

Die beiden Stadtvertreter wurden von diesen speziellen Wünschen des Konsuls, insbesondere von der Sache mit der Weinprinzessin, total überfahren. Es dauerte einen Augenblick, ehe OB Schluckthardt seine Sprache wiederfand. Er warf seinem Pressesprecher einen hilfesuchenden Blick zu. Nachdem Schwarz aber gerade angelegentlich seine Kaffeetasse studierte, als gäbe es dort wichtige Kenntnisse zu gewinnen, flüchtete er sich ins Diplomatische. „Herr Konsul, wir werden natürlich alles unternehmen, um seiner königlichen Hoheit den Aufenthalt so angenehm wie möglich zu gestalten. Wie lange gedenkt der Prinz unserer Stadt die Ehre zu geben?"

Der Konsul zuckte mit den Schultern. „Das hängt ganz davon ab, wie sich die Geschäftsverhandlungen im Sinne seiner Hoheit entwickeln. Rechnen Sie mal mit einem Aufenthalt von mindestens zehn Tagen." Er warf einen prüfenden Blick in das Gesicht des Oberbürgermeisters, der sich bemühte, möglichst neutral zu schauen, was ihm aber nicht ganz gelang.

Der Konsul lächelte. „Keine Angst! Prinz Faisal ist ein äußerst angenehmer Verhandlungspartner, der sich aber gerne für seine Entscheidungen etwas Zeit lässt. Hoheit schätzt bei seinen Verhandlungspartnern besonders, wenn sie geduldig sind und ihn nicht drängen. Letzteres wäre ausgesprochen kontraproduktiv." Er trank seine Tasse aus, dann fuhr er fort: „Ich schlage vor, wir fahren jetzt gemeinsam hinauf zum Schlosshotel Steinburg, um dort mit dem Management die erforderlichen organisatorischen Einzelheiten zu besprechen. Es ist natürlich erforderlich, dass ich mir alle Räumlichkeiten vorher gründlich ansehe."

Der Oberbürgermeister und sein Pressesprecher fühlten sich von den Forderungen ihres Gastes ziemlich überrannt. Der Konsul ließ ihnen aber keine Zeit für kritische Gedanken oder Einwände.

„Sie können beide mit mir in meinem Wagen mitfahren", bot er freundlich an und erhob sich. Aus seiner Sicht war die Besprechung offensichtlich beendet.

Sabrina Schmätzle-Eifrig hörte, wie die drei Herren das Büro des Oberbürgermeisters verließen. Sie griff sich ein Tablett und begann das Kaffeegeschirr vom Besprechungstisch abzuräumen. Obwohl die Tür nur angelehnt gewesen war und die Herren gegen Ende des Gesprächs gedämpft sprachen, verstand sie weitgehend den Inhalt der Unterhaltung. Es gehörte zur Grundausstattung einer guten Chefsekretärin, alles zu sehen, ohne zu sehen und alles zu hören, ohne zu hören. Eigenschaften, die sie meisterlich beherrschte.

Die Wohnung lag im Parterre eines Zweifamilienhauses im südöstlichen Teil des Frauenlands. Das komfortable Drei-Zimmer-Appartement bekam seine besondere Note durch eine vor dem Wohnzimmer liegende ebenerdige Terrasse, an die sich zur Grundstücksgrenze hin ein schmaler Grasstreifen anschloss. Die das gesamte Grundstück umschließende, mannshohe Hainbuchenhecke wurde direkt gegenüber dem Freisitz durch ein schmales Tor unterbrochen. Über einen schmalen Seitenweg bekam man hier direkten Zugang zur Parterrewohnung. Diese Pforte, eigentlich gedacht, um problemlos Gartenabfälle abtransportieren zu können, ermöglichte es der Mieterin dieser Wohnung, unbemerkt von den übrigen Bewohnern des Hauses Besuch zu empfangen.

Kurz vor dreiundzwanzig Uhr, die Nacht war bereits hereingebrochen, näherte sich eine männliche Gestalt der Seitenpforte. Vorsichtig drehte er am Türgriff, der sich völlig lautlos bewegen ließ. Er trat ein und schloss die Tür hinter sich. Ein prüfender Blick zum Obergeschoss zeigte ihm, dass die Hauseigentümer offenbar schon schlafen gegangen waren. Im Parterre wies ihm ein Lichtschimmer den Weg. Die einen Spalt geöffnete Schiebetür der Veranda lief ebenfalls geräuschlos auf ihren Schienen. Er trat ein. Eine einzelne Wandlampe verbreitete einen sanften Lichtschein, der ihn die vertrauten Konturen der Wohnzimmereinrichtung erkennen ließ.

„Hallo Schatz, komm doch herein", hörte er leise die Stimme einer Frau. „Ich hatte schon Angst, Du würdest heute gar nicht mehr kommen." Von der dunklen Silhouette eines Ledersofas löste sich eine weibliche Gestalt und kam ihm mit wenigen Schritten entgegen. Sie legte ihre Arme um seinen Hals und küsste ihn innig auf den Mund. Er umarmte sie ebenfalls, dabei fühlte er den kuscheligen Stoff ihres Hausanzugs, der ihre weiblichen Rundungen unterstrich und ihm bei der Berührung sämtliche darunter verborgenen Geheimnisse offenbarte. Das waren Momente, in denen er sich fragte, warum ihn diese Frau so liebte? Sie war blitzgescheit und hätte an jedem Finger einen Adonis haben können. Aber nein, sie schätzte jedes seiner 115 Kilogramm. Geschätzt, weil er schon seit Jahren seiner Personenwaage die Freundschaft aufgekündigt hatte. Aber offenbar zog sie gestandene Unterfranken wie er einer war, figürlich fein definierten Waschbretttypen vor. Schöpf-Kelle schob diese Gedanken zur Seite.

„Ach, Du weißt doch, heute tagte wieder diese *Kommission für Stadtbild und Architektur.* Ein endloses Palaver, kann ich Dir sagen! Da brauchen wir in Würzburg dringend Wohnungen und nochmals Wohnungen, und diese Experten nölen an allen vernünftigen Architekturentwürfen nur herum. An Stelle des OB hätte ich diesen Quasselclub schon lange aufgelöst."

Wie immer, wenn er sich außerhalb seines Freundeskreises bewegte, bemühte er sich um eine dem Hochdeutschen ähnliche Aussprache.

Sie lächelte und wies zur Couch. „Setz Dich und mach es Dir bequem. Du hast doch mit Sicherheit noch nichts gegessen. Ich habe etwas vorbereitet und hole es nur schnell aus dem Kühlschrank." Sie wies auf eine Weinflasche auf dem Couchtisch. „Schenke Dir doch von dem Rotwein schon mal ein. Er ist ausgezeichnet und hilft Dir beim Runterkommen." Sie gab ihm noch einmal einen Kuss auf die Wange, dann eilte sie in Richtung Küche davon.

Schöpf-Kelle stellte seine Umhängetasche mit seinen Reporterutensilien neben einen Sessel ab, dann streifte er seine Schuhe von den Füßen und ließ sich auf die Polster fallen. Mit einem wohligen Seufzer griff er nach der Flasche. Der tiefrote Spätburgunder erglühte im Schein der Lampe. Mit Genuss nahm er einen tiefen Schluck und ließ den Wein am Gaumen auf sich wirken, ehe er ihn langsam in den Abgang schickte.

„… und wie findest du den Wein?", wollte sie wissen, während sie eine Platte mit verschieden belegten Schnittchen vor ihm abstellte. Sie griff zu ihrem Glas und stieß mit ihrem späten Gast an. „Er ist doch genau das Richtige zur Entspannung nach einem stressigen Arbeitstag."

Schöpf-Kelle nickte und griff nach einem Schnittchen. Jetzt erst merkte er, wie hungrig er war. Nachdem der größte Appetit gestillt war, wischte er sich den Mund mit einer Serviette ab. Er wandte sich ihr direkt zu. „Bei Dir gibt es Neuigkeiten? Du hast heute am Telefon solche Andeutungen gemacht."

„Ach, Schöpfi, jetzt lass uns doch erst ein wenig entspannen. Für das Geschäftliche haben wir später doch noch genug Zeit." Sie sah ihn fragend an: „Oder musst Du dann schon wieder weg?"

Schöpf-Kelle lehnte sich in die Polster zurück, legte ihr den Arm um die Schulter und zog sie an seine Brust.

„Du hast ja recht. Man muss erst mal aus dem Hamsterrad rauskommen. Nein, heute kann ich bis zum Morgengrauen bleiben. Aber Du weißt, es ist wichtig, dass unsere Verbindung vorerst nicht öffentlich wird. Das könnte in bestimmten Kreisen einen falschen Eindruck erwecken und zu Spekulationen führen." Seine Hand glitt sachte an ihrem Rücken entlang und rutschte wie zufällig hinter den Hosenbund ihres Hausanzugs. Mit einem inneren Schmunzeln nahm er zur Kenntnis, dass sie drunter keine Wäsche trug. Unter seinen streichelnden Fingerkuppen begann sie leise zu schnurren wie eine Katze. Ihrerseits öffnete sie einige Knöpfe seines Hemdes und fuhr kraulend durch seine Brustbehaarung. Es vergingen einige genüssliche Minuten, ehe sie mit rauchigem Vibrato in der Stimme leise flüsterte: „Meinst Du nicht, wir sollten unsere …

Unterhaltung in ein anderes Zimmer verlegen? Ich könnte mir vorstellen, dass Dich Deine Kleidung etwas beengt und eine horizontale Lage Deinen Bandscheiben zugutekäme."

Er nickte. „Schatz, Du hast wie immer überzeugende Argumente. Ich bin tatsächlich etwas verspannt."

Eine Stunde später lagen die beiden nebeneinander in ihrem breiten Doppelbett und gaben sich wortlos der entspannten Erschöpfung hin. Durch das Fenster kam als einzige Lichtquelle der gedämpfte Schein einer Straßenlaterne. Schöpf-Kelle erreichte sehr schnell wieder das Stadium rationaler Überlegungen und dachte darüber nach, wie er sie dazu bewegen konnte, ihm die wichtigen Informationen zu erzählen, die sie ihm heute angekündigt hatte. Ehe er weiter darüber sinnieren konnte, spürte er ihren warmen Atem an seinem rechten Ohr.

„Schöpfi, es war wie immer wunderbar mit Dir." Sie ließ die Worte einwirken, dann fuhr sie fort: „Wie kommst Du denn mit dem Drehbuch für Deinen neuen Film voran? Du hast mir versprochen, dass ich darin eine Hauptrolle bekommen würde. Du weißt, das ist ein Herzenswunsch von mir. Mach mir doch schon mal ein paar Andeutungen, wie Du mich einsetzen willst. Ich habe auch schon darüber nachgedacht, mir einen Künstlernamen zuzulegen. Was meinst Du?"

„Ach, Schatz, das ist alles noch ziemlich schwammig, weil ich mir noch nicht endgültig über den Stoff im Klaren bin. Da muss ich noch einiges recherchieren. Das ist aber normal. Kaum habe ich was geschrieben, schon gefällt es mir nicht mehr und ich verwerfe wieder alles. So ein kreativer Prozess ist sehr anstrengend und kann dauern! Im Übrigen ist das mit dem Künstlernamen sicher keine schlechte Idee." Hoffentlich hatte er sie damit wieder etwas ruhiggestellt. Das mit der versprochenen Filmrolle war das Ergebnis einer schwachen Minute. Um aus der Nummer herauszukommen, hätte er sie schwer enttäuschen müssen. Im Augenblick keine Option!

Sie legte ihren Kopf auf seine Brust und flüsterte: „Vielleicht kann ich Dir mit dem Stoff ein wenig helfen. Ich habe da heute ein paar Dinge erfahren, die Dich sicher weiterbringen."

Das Bettgeflüster nahm seinen Lauf.

Es war nach zwei Uhr in der Nacht, als ein ziemlich erschöpfter Reporter sich vom Doppelbett seiner Freundin erhob und sich wenig später durch das Gartentor verdrückte.

Die zweiundachtzigjährige Sieglinde Baunach wohnte im Dachgeschoss des Nachbarhauses. Sie litt unter chronischer Schlaflosigkeit und pflegte jede Nacht stundenlang im Sessel am Fenster ihres Wohnzimmers zu sitzen und in ihrem E-Book-Reader zu lesen. Da das Gerät über eine eigene Hintergrundbeleuchtung verfügte, konnte sie auf die Raumbeleuchtung verzichten. Obwohl das Buch sehr spannend war, entgingen der alten Dame keine Bewegungen auf der Straße rund um das Haus. Deshalb bemerkte sie auch die Gestalt des korpulenten jungen Mannes, der sich aus dem Seitenweg des Nachbargrundstücks schlich. Schleichen war die richtige Bezeichnung. Denn es war offensichtlich, dass er darum bemüht war, nicht gesehen zu werden. Schon seit mehr als zwei Monaten war der Mann regelmäßiger Besucher der jungen Frau im Parterre. Wenig später ertönte ein Stück entfernt das Knattern eines Motorrollers, der kurz darauf auf der Straße vorüberfuhr. Der Fahrer, an seiner kräftigen Statur eindeutig als der heimliche Gast aus dem Nachbarhaus zu identifizieren, trug einen Helm und sein Gesicht war nicht zu erkennen.

Sieglinde Baunach wandte sich wieder ihrer Lektüre zu. Offenbar lief im Nebenhaus eine Liaison, die das Tageslicht scheute. Für einen kurzen Moment unternahmen ihre Gedanken eine Zeitreise in ihre eigene, lang zurückliegende Vergangenheit. Sie musste schmunzeln. Da konnte man so alt werden wie man wollte, manche Dinge im Leben änderten sich nie.

Pressesprecher Schwarz las das auf hochwertigem Papier verfasste Schreiben der Botschaft von Baramutha jetzt schon zum dritten Mal und fand seine negative Ahnung mehr als bestätigt. Heute Morgen, nachdem der Oberbürgermeister den an ihn persönlich adressierten Umschlag geöffnet hatte, hatte er seinen Pressesprecher gleich zu sich gebeten. Sie diskutierten den Inhalt, der eine sehr problematische Textpassage enthielt. Schließlich bat das Stadtoberhaupt seinen Pressesprecher, unter Wahrung aller Diskretion zu prüfen, inwieweit dieser spezielle Wunsch der Botschaft erfüllt werden konnte. Dort setzte man offenbar Möglichkeiten voraus, die einer demokratisch gewählten Stadtregierung nicht zur Verfügung standen, wenn sie ihre Bürger in die Pflicht nehmen wollte. Wiederholt nahm er das dem Schreiben beigefügte Foto in die Hand und betrachtete die dort abgelichtete weibliche Person. Die Aufnahme war qualitativ zwar nicht besonders gut, aber die Frau war eindeutig zu erkennen. Erneut las Schwarz die Textpassage durch, die zwar an Höflichkeit nichts zu wünschen übrig ließ, aber auch keinen Raum für Interpretationen ließ:

„… Die auf dem beigefügten Lichtbild ersichtliche Dame wurde von unserem Konsul anlässlich des Besuches bei Ihnen fotografiert. Seine königliche Hoheit (SKH) hat die Aufnahmen, die der Konsul in Ihrer Stadt von verschiedenen Damen gemacht hat, mit Freude zur Kenntnis genommen und seine Auswahl getroffen. Er hat mich beauftragt, Ihnen seinen Wunsch zu übermitteln. Für die Dauer seines Aufenthalts in Würzburg

möchte er die Dame auf dem beigefügten Foto gerne an seiner Seite sehen. Für die anstehenden Vertragsverhandlungen wäre es sicher von großem Vorteil, wenn SKH wohl gestimmt daran teilnimmt. Es wird mir ein Vergnügen sein, SKH mitzuteilen, dass die bezeichnete Dame während seines Besuches gerne Zeit mit ihm verbringen möchte. Diesbezüglich erwarte ich Ihre positive Antwort. ..."

Der Pressesprecher ließ das Blatt auf seinen Schreibtisch fallen und lehnte sich seufzend in seinen Bürosessel zurück. Dass die Wahl des Prinzen ausgerechnet auf diese Frau gefallen war, gestaltete die Angelegenheit für ihn zu einem gewaltigen Problem. AUF DEM FOTO WAR EINDEUTIG ELVIRA STARK, DIE REINEMACHEFRAU AUF DER CHEF-ETAGE, ZU ERKENNEN! Wie sollte er sie dazu bewegen, dem Prinzen während des Besuchs in Würzburg, gewissermaßen als Hostess der Stadt, zur Verfügung zu stehen? Er erhob sich und ging zu seinem Fenster. Grübelnd starrte er auf die Häuser ringsherum. Was hatte er in seinem Job nicht schon für Probleme gelöst. Dieses hier schien ihm fast unlösbar. Elvira Stark besaß den Ruf, eine zwar äußerst rechtschaffene, aber durchaus streitbare Person zu sein. Wie sollte er ihr klar machen, dass ein arabischer Prinz sie gewissermaßen in seinen Harem aufnehmen möchte? Schwarz löste sich von seinem Standplatz, griff sich das Schreiben und verließ sein Büro. Er musste jemand ins Vertrauen ziehen, der ihm bei der Lösung des Problems vielleicht weiterhelfen konnte. Nach wenigen Metern stand er vor der Tür des Vorzimmers von Bürgermeister Andy Farmer. Er klopfte und trat ein. Die Vorzimmerdame nickte ihm freundlich zu und wünschte ihm einen guten Morgen.

„Ist er drinnen?", wollte Schwarz wissen und deutete auf die Verbindungstür zum Dienstzimmer Farmers.

„Einen Moment", erwiderte sie, erhob sich, klopfte an die Tür und trat ein. „Herr Farmer, haben Sie Zeit für den Herrn Schwarz?", hörte er sie fragen.

„Immer herein mit ihm!", tönte die kräftige Stimme des zweiten Mannes der Stadtregierung. Schwarz trat ein. Andy Farmer saß an seinem Besprechungstisch und war offenbar gerade dabei, die neuesten Nachrichten der Mainpostille zu lesen.

„Schwarz, komm rein und setz Dich", rief der Bürgermeister in seiner unübertrefflich burschikosen Art und wies auf einen freien Stuhl ihm gegenüber. Er faltete die Blätter zusammen und schob eine Kaffeetasse zur Seite. „Heute steht wieder nur Mist drin", kommentierte er den Inhalt der Zeitung, dann wandte er sich seinem Besucher zu.

„Schwarz, gibt's wieder irgendwo einen Pressetermin, für den ihr jemand braucht, der seinen Kopf in die Kamera hält? Oder wo drückt der Schuh?"

Der Pressesprecher legte den mitgebrachten Brief vor Farmer auf den Tisch. „Bitte nehmen Sie erst mal den Inhalt dieses Schreibens zur Kenntnis, dann muss ich nicht so viel erklären."

Farmer nahm das Blatt entgegen und versenkte sich in den Inhalt. Es dauerte etwas, bis er den Kopf hob, da er den Brief offenbar zweimal gelesen hatte.

„Ich gehe mal davon aus, dass das hier kein Fake ist?", er sah Schwarz durchdringend an. Der schüttelte nur den Kopf.

„Kollege Schluckthardt hat mich ja hinsichtlich der Planungen für das Seilbahnprojekt und der Existenz eines möglichen Investors informiert. Ich hatte allerdings keine Ahnung, wie konkret die Angelegenheit schon ist." Er tippte mit dem Finger auf den Brief. „Ich nehme mal an, Du bist wegen der Sache mit Frau Stark bei mir? Diese Forderung ist ja eine ziemliche Frechheit! Was bildet sich dieser Scheich eigentlich ein?"

Der Pressesprecher zuckte mit den Schultern. „Da haben Sie natürlich recht, aber der Mann stellt der Stadt ausgesprochen günstige Konditionen für die Realisierung dieses Projekts in Aussicht. Prinz Faisal entstammt zwar dem regierenden Königshaus von Baramutha, rangiert aber, soweit ich weiß, in der Thronfolge unter ferner liefen und hat sich stattdessen in zahlreichen Projekten weltweit als Investor engagiert. Sie wissen, die Seilbahn ist eine Herzensangelegenheit unseres OB und auch der Stadtrat hat sich mehrheitlich dafür ausgesprochen. Wir dürfen nicht vergessen, es stehen bald Wahlen vor der Tür ..."

Farmer nickte schwer. „Wie kommt der Mann denn dazu, sich ausgerechnet in Würzburg zu engagieren?"

„Nach unserer Kenntnis hat der Prinz in jungen Jahren einige Semester Betriebswirtschaft in Würzburg studiert. Kennt unsere Stadt also."

„Aha", gab Farmer zurück, „und was soll ich jetzt unternehmen?"

„Naja, Frau Stark hat Ihnen doch quasi das Leben gerettet, als man Sie vor einiger Zeit hier in ihrem Büro niedergeschlagen hat."

Farmer hob abwehrend die Hand. „Schwarz, erinnere mich nicht daran!"

„Entschuldigung, aber ich dachte mir halt, dass Sie von daher einen leichteren Zugang zu der Frau haben. Wenn ich sie auf den Wunsch des Prinzen anspreche, schüttet sie mir doch den Inhalt ihres Putzeimers über den Kopf! Günstigenfalls!"

„Du willst also, dass ich sie beschwatze, sich mit diesem Araber ... abzugeben."

„Ich bin sicher, sie hört Ihnen zumindest zu ..." Nach kurzer Pause fuhr er eindringlich fort: „Herr Bürgermeister, es geht um das Wohl unserer Stadt."

„Himmel, Arsch und Zwirn!", entfuhr es Farmer und seine flache Hand landete klatschend auf dem Brief. „Ich kann Dir gar nicht sagen, wie mir das gegen den Strich geht!"

Es trat eine kurze Gesprächspause ein, während der es hinter Farmers Stirn arbeitete. Schließlich traf er eine Entscheidung.

„Also gut, ich werde mit ihr reden. Werde aber auf keinen Fall versuchen, sie zu überreden. Wenn sie nein sagt, dann ist es nein und dieser Scheich muss sich eine andere Begleiterin suchen."

Korbinian Schwarz fiel ein Felsbrocken vom Herzen. Mehr durfte er nicht erwarten. Er bedankte sich bei Farmer, steckte den Brief wieder ein und verließ das Büro. Sie vereinbarten, dass Farmer auf Schwarz zukommen würde, sobald er mit Elvira Stark gesprochen hatte. Nachdem die Bürotür hinter dem Pressesprecher in Schloss fiel, trank Andy Farmer seinen zwischenzeitlich kalt gewordenen Kaffee aus. Langsam ging er zu seinem Schreibtisch. Elvira Stark würde erst in einigen Stunden ihren Dienst antreten. Solange konnte er sich eine Strategie überlegen, wie er ihr dieses Anliegen der Stadt näherbringen konnte. Eine äußerst schwierige Aufgabe!

Schöpf-Kelle stand bei der Figur des Heiligen Kilian auf der Alten Mainbrücke, hielt einen Brückenschoppen in der Hand und ließ seinen Blick geistesabwesend in die Ferne schweifen. Ein unbeteiligter Dritter hätte sich sicher gewundert, weshalb der rasende Reporter der Mainpostille den Horizont in Richtung Schlosshotel Steinburg so interessiert anstarrte. Schöpf-Kelle war aber keineswegs geistig abwesend, eher im Gegenteil, hinter seiner Stirne arbeitete es wie in dem Räderwerk einer Uhr. Er stand hier in seiner Eigenschaft als Regisseur und Drehbuchautor und versuchte angestrengt, vor seinem geistigen Auge eine Seilbahn von der Steinburg über das Maintal bis zur Festung Marienberg zu konstruieren. Nach den Informationen, die ihm sein *Bettgeflüster* zugetragen hatte, würde er seinen nächsten Dadord-Würzburch-Film in diesem Umfeld ansiedeln. Er musste umgehend mit seinen beiden Mitproduzenten sprechen und sie von dem Projekt überzeugen. Nur wenn alle drei am gleichen Strang zogen, konnten sie ihre Sponsoren davon überzeugen, tiefer in ihre Spendierhosen zu greifen.

Schöpf-Kelle trank sein Glas leer und brachte es an den Straßenausschank zurück. Auf dem Weg zu seinem Motorroller in der Karmelitenstraße rief er seine beiden Mitproduzenten an und verabredete sich mit ihnen vierzig Minuten später im *Stall*. Dann zog er den Helm über und machte sich auf den Weg nach Rimpar.

Der Stall war tatsächlich ein alter Pferdestall auf dem Grundstück von Pinzettis Schwester, den die Filmcrew in ihrer Freizeit so umgebaut hatte, dass sie ihre gesamte Ausrüstung dort sicher und trocken lagern konnte.

Als Schöpf-Kelle eintraf, waren die anderen beiden schon da.

„Was is'n los", wollte Heribert Dunstig wissen, „wie du angerufe hast, war ich grad in der Badewanne geläche."

„Wirst's nötig ghabt ham", frotzelte Schöpf-Kelle, dann wurde er aber sofort ernst. „Leud, ich hab jedd en Plan, awwer ... mer brauche dringend mehr Kohle!"

Die anderen beiden sahen ihn erstaunt an.

„Du wässt awwer, bei uns in der Kasse is Ebbe und mer könne erscht mit unsere Sponsore red, wenn mer an gscheide Blan fürs nächste Projegd ham."

Schöpf-Kelle winkte ab. „Jedzd ward doch ersd a mal ab unn machd nid scho vorher die Gäul scheu. Ich wills euch ja grad erklär!"

Schöpf-Kelle holte tief Luft und begann zu erläutern. Natürlich musste er in diesem Kreis auch die Quelle seiner Informationen nennen. Als sie erfuhren, woher Schöpf-Kelle seine Weisheiten hatte, bekamen sie große Augen. Je länger er aber sprach, desto deutlicher hellten sich die skeptischen Mienen der Filmemacher auf und Begeisterung trat ein.

„Mer dürfe awwer nid mehr sach, als unbedingd nötich, damid sich unser Plan nid rumsprichd. Wenn des bublig wird, is der ganze Gäg im A…, ich mehn dahin.", erklärte Schöpf-Kelle eindringlich. „Ich werd a des Drehbuch so aufdeil, dass die Schauspieler schbäder immer nur des Stück krieche, des se für die nächsde Szene brauche. Dann könne se nid so viel rumerzähl."

Die beiden anderen nickten zustimmend.

„Also, ich red gleich im Lauf des heudichen Dages a mal mit unsere Sponsore", erklärte sich Dunstig bereit. „A bissle was muss ich dann awwer scho rauslass, damid sie merge, es rendierd sich a für sie."

Sie gingen wieder auseinander und verabredeten telefonischen Informationsaustausch, sobald es bei einem von ihnen Neuigkeiten gab. Schöpf-Kelle fuhr nach Hause, setzte sich an seinen Laptop und begann mit der ersten Version des Drehbuchs. Vorher schrieb er seiner Quelle eine kurze Nachricht, dass er heute Abend wegen starker beruflicher Belastung nicht vorbeischaun könne. Er hoffte, bis zum nächsten Tag die Zusage der Sponsoren zu bekommen, anschließend musste er mit dem Management des Schlosshotels Steinburg sprechen. Wenn er dort sein Vorhaben entsprechend geschickt verkaufte, würde man ihn sicher auch unterstützen.

Elvira Stark wunderte sich, als sie am nächsten Tag bei Dienstantritt an ihrem Putzwagen angeheftet ein großes Schild vorfand, auf dem sie gebeten wurde, noch heute, vor

Beginn ihrer Reinigungstour, Bürgermeister Andy Farmer in seinem Büro aufzusuchen. Seitdem sie dem zweiten Bürgermeister, der von einem Eindringling in sein Büro niedergeschlagen und lebensgefährlich verletzt worden war, das Leben retten konnte, bestand zwischen ihr und Farmer ein unsichtbares Band des Vertrauens*. Sie legte ihre Kittelschürze wieder zur Seite und machte sich auf den Weg zu Farmers Büro. Nach dem Anklopfen kam sofort die Aufforderung einzutreten.

„Ah, Frau Stark, komm rein und setz Dich", begrüßte Farmer sie, wie jeden in seinem Umfeld, duzend. Er kam hinter seinem Schreibtisch hervor und wies auf einen Platz am Besprechungstisch. Auch Farmer ließ sich am Tisch nieder, dann fragte er: „Und wie geht's? Alles in Ordnung?"

Offensichtlich erwartete er keine Antwort, denn er lehnte sich zurück und betrachtete, sich sammelnd, seine gefalteten Hände. Da Farmer, wie sie wusste, nie um eine Formulierung verlegen war, verwandelte sein sichtliches Zögern ihre Neugierde in leichte Besorgnis. Stimmten etwa die Gerüchte im Haus, es sei geplant, einen Teil der Hausmeisteraufgaben und des Reinigungsdienstes an eine Facilityfirma zu vergeben? Wollte ihr Farmer etwa schonend beibringen, dass ihre Dienste zukünftig nicht mehr benötigt wurden? Plötzlich wurde ihr ganz heiß!

Schließlich begann Farmer doch ungewöhnlich ernst: „Liebe Frau Stark, es ist eine etwas heikle Angelegenheit wegen der mich die Rathausspitze gebeten hat, mit Dir zu sprechen …"

Mein Gott, jetzt kommts gleich …, dachte sie und machte sich auf einen Schock gefasst.

„… Die Stadt benötigt dringend Deine Hilfe!"

---

* Siehe Schoppenfetzer Bd. 15, Narrenwein.

Es dauerte einen Moment, ehe sie die Bedeutung seiner Worte erfasste.

„Ähhh …", war alles, was sie hervorbrachte.

„… ja, anders kann ich es nicht formulieren", fuhr Farmer fort. „Wir befinden uns in einer etwas prekären Situation, aus der nur Du uns im Augenblick heraushelfen kannst."

Elvira sah ihn nur verständnislos an. Allerdings kapierte sie, um ihre Entlassung ging es offenbar nicht.

„Bevor ich weiterspreche, muss ich Dich erneut auf Deine Verschwiegenheitspflicht hinweisen. Die Sache ist äußerst delikat und käme etwas davon an die Presse, würde das den Interessen der Stadt massiv schaden." Er musterte sie durchdringend.

„Da machen Sie sich mal keine Gedanken, ich nehme meine Schweigepflicht immer sehr ernst", gab sie zurück.

Farmer nickte zufrieden. „Das Rathaus erwartet demnächst den Besuch eines Investors, der sich für ein Millionenprojekt in der Stadt engagieren will."

„Aha", gab Elvira zurück, „heißt das, ich soll den Flur draußen und das Zimmer des OB vor dem Besuch noch einmal gründlich durchwischen?"

Jetzt musste Andy Farmer doch lachen. „Nein, nein, das hat damit nichts zu tun." Er räusperte sich. „Bei dem Investor handelt es sich um einen sehr vermögenden Ölscheich aus Baramutha, einem Inselstaat, der zu den Vereinigten Arabischen Emiraten gehört. Dieser Scheich will sich bei einem von der Stadt geplanten Seilbahnprojekt finanziell maßgeblich beteiligen. Von dieser Seilbahngeschichte hast Du doch sicher schon in der Zeitung gelesen?"

Elvira nickte. „Es gibt da ja schon seit längerer Zeit entsprechende Gerüchte. Ich habe das bisher immer für Gerede gehalten."

Farmer schüttelte den Kopf. „Nein, die Sache wird demnächst konkret."

Das Erstaunen stand Elvira ins Gesicht geschrieben. „Ich verstehe aber immer noch nicht, was das mit mir zu tun hat …?"

„Gleich", erwiderte Farmer. „Prinz Faisal wird mitsamt seiner Begleitung im Schlosshotel Steinburg wohnen. Wie das in diesen Kreisen üblich ist, hat die Botschaft in Berlin im Vorfeld einen Konsul nach Würzburg geschickt, der den Aufenthalt der königlichen Hoheit vorbereitet. Der Prinz wird zwar, wie man uns wissen ließ, seine drei Frauen mitbringen …"

Elvira zog die Augenbrauen in die Höhe.

„Ja, ich weiß, was Du denkst. Aber in seiner Heimat ist den Männern die Hochzeit mit mehreren Frauen gestattet. Das ist eine Tatsache, die wir einfach zu akzeptieren haben … wobei ich meine Zweifel habe, ob diese Ehemänner immer so glücklich sind. Hat unsereiner doch schon mit einer … aber das nur so nebenbei …" Er merkte, dass er vom Thema abgewichen war.

Elvira Stark setzte sich kerzengerade hin. Das Gespräch entwickelte sich nun in eine Richtung, die ihr gar nicht gefiel.

Farmer bemerkte ihre Reaktion und stieß innerlich einen Seufzer aus. Wieso musste eigentlich er immer für den Oberbürgermeister die heißen Kohlen aus dem Feuer holen?

„Lange Rede, kurzer Sinn", fuhr Farmer fort, „der Botschafter von Baramutha hat uns in einem offiziellen Schreiben mitgeteilt, dass der Prinz während seines Aufenthalts gerne eine weibliche Begleitung hätte, … eine Art einheimische Hostess, die ihm die Stadt näherbringt." Farmers Rede wurde schneller, weil er es endlich hinter sich bringen wollte. „Man hat uns auch eine Fotografie mitgeschickt, auf der die Dame abgelichtet ist, die der Prinz auserwählt hat. Offenbar hat jemand von unterfränkischen Frauen Aufnahmen gemacht und der Hoheit geschickt. – Du wirst es nicht für möglich halten, aber die Frau auf dem Bild bist Du, Elvira Stark!"

Jetzt war es raus und er ließ zischend die angehaltene Luft ab.

Elvira Stark sah ihren Gegenüber an, als wären Farmer plötzlich rosarote Hörner gewachsen. Es dauerte einen Augenblick, bis sie ihre Sprache wiederfand.

„Herr Farmer, geht's Ihnen gut? Sie haben damals einen ziemlich harten Schlag auf den Hinterkopf bekommen. Haben Sie vielleicht irgendwelche Spätfolgen?"

Andy Farmer schüttelte den Kopf. „Unsinn! Ich bin wieder vollständig hergestellt. Was ich Dir gesagt habe, ist total ernst gemeint. Ich muss allerdings zugeben, dass ich auch ziemlich von den Socken war, als ich von diesem Wunsch des Herrn Ölscheichs gehört habe."

Elvira lehnte sich zurück und sah Farmer noch immer ungläubig an, aber ganz langsam dämmerte ihr, dass das alles kein Scherz war. In gleichem Maße stieg ihr Blutdruck! Sie wurde formell:

„Herr Bürgermeister, sollte an dem Mist, den Sie hier verzapft haben, irgendetwas dran sein, dann frage ich mich aber schon, wie ihr dazu kommt, zu glauben, ich würde mit irgendeinem Scheich so mir nix dir nix, um die Häuser ziehen? Ich bin eine anständige Frau und lass mich doch nicht von Euch verkuppeln!" Ihre Stimmhöhe war mittlerweile beim schrillen Diskant angekommen.

Andy Farmer machte eifrig beschwichtigende Handbewegungen. Er hatte gewusst, das würde aus dem Ruder laufen.

„Liebe Frau Stark, von Verkuppeln kann doch gar nicht die Rede sein ... Wir möchten mit Ihnen für diese Zeit einen ordentlichen Vertrag abschließen. Selbstverständlich erhalten Sie auch ein angemessenes Honorar, das nicht mit Ihren Einkünften aus Ihrer Tätigkeit als Reinemachefrau verrechnet wird. Außerdem werden Sie für diesen Einsatz selbstverständlich vom Putzen freigestellt."

„Herr Farmer, Ihre ‚liebe Frau Stark' können Sie ganz schnell vergessen!", wütete sie. „Ich lass mich von Ihnen doch nicht kaufen! Dieses Gespräch ist für mich hiermit beendet!" Sie erhob sich, stürmte zur Tür und knallte sie von außen so laut zu, dass einige Beamte der Stadtverwaltung, die ein Stockwerk tiefer noch in tiefer geistiger Versenkung Überstunden machten, vom Schreibtisch hochschreckten und eiligst nach Hause aufbrachen.

Es war kurz vor dreizehn Uhr, als Heribert Dunstig Schöpf-Kelle zuhause anrief und ihm grünes Licht signalisierte. Die beiden wichtigsten Sponsoren von Radiotelevision Rimpar-HD hatten ihm eine merkliche Erhöhung des Sponsorenetats zugesagt. Schöpf-Kelle jubelte innerlich. Ein wesentlicher Meilenstein zum Erfolg des Projekts war damit erreicht. Sofort griff er zum Handy. Er verfügte über eine sehr umfangreiche Sammlung von Kontakten, die bei seinem Job nicht mit Gold aufzuwiegen waren. Diese Liste war ein WHO IS WHO der unterfränkischen High Society oder wer sich dafür hielt. Jedenfalls für einen Journalisten unverzichtbar. Er tippte auf eine bestimmte Nummer und nach wenigen Sekunden meldete sich eine freundliche, weibliche Stimme: „Schlosshotel Steinburg. Sie sprechen mit Petra-Marianne Güntersleben. Was kann ich für Sie tun?"

Schöpf-Kelle war einen Augenblick überrascht, dann nannte er seinen Namen. „Ich hatte eigentlich die Nummer Ihres Chefs gewählt. Ist er nicht im Haus?"

„Bedaure, aber Herr Rohrbacher ist erst wieder ab fünfzehn Uhr zu erreichen. Kann ich Ihnen irgendwie weiterhelfen?"

Schöpf-Kelle bedankte sich und erklärte, später nochmals anrufen zu wollen. Motiviert setzte er sich wieder an seinen Computer und befasste sich mit dem Drehbuch.

Beim nächsten Blick auf seine Armbanduhr stieß er einen erstaunten Laut aus. Es war bereits 15.33 Uhr! Sofort griff er zum Mobiltelefon und drückte die Wahlwiederholung. Diesmal meldete sich eine sonore männliche Stimme.

„Schlosshotel Steinburg, Rohrbacher."

„Hallo Freddy, alte Hütte, grüß Dich! Hier ist die Stimme der Vernunft aus unserer gemeinsamen Vergangenheit! Wie geht's Dir?"

Am anderen Ende trat einen Augenblick Schweigen ein. Es war fast körperlich zu spüren, wie sein Gesprächspartner versuchte, den Anrufer einzuordnen.

„Sag bloß, Du bist es, Schöpfi, Du alter Gauner?"

„Der Kandidat hat hundert Punkte!", gab Schöpf-Kelle zurück und lachte.

„Ja, sowas. Das ist doch schon ein paar Jahre her, dass wir das letzte Mal miteinander gesprochen haben. Damals hast Du doch für die Story über die angebliche Verwandte des russischen Zaren recherchiert, die sich bei uns eingemietet hatte und, als wir endlich Geld von ihr sehen wollten, bei Nacht und Nebel plötzlich verschwunden war."

Schöpf-Kelle verdrehte die Augen. „Mein Gott, Freddy, das ist jetzt wirklich Schnee von gestern! Die Alte hat sich aber auch richtig gut verkauft. Nein, Freddy, lass uns über ein paar geschäftliche Dinge sprechen. Ich habe da etwas ganz Exquisites am Laufen!"

Wieder kurze Pause in der Leitung. Schließlich die zurückhaltende Antwort des Managers. „Schöpfi, wenn Du mir wieder so ein faules Ei wie damals unterjubeln willst …"

„Keine Sorge! Wenn wir zusammenkommen, dann ist es

auch von Vorteil für Dein Hotel. Praktisch kein Risiko für Dich. Eine ausgesprochene Win-win-Geschichte." Schöpf-Kelle begann mit seinen Ausführungen.

„Du willst also in meinem Hotel einen Film drehen und benötigst hierfür eine ganze Suite. Und das mitten in der Saison", rekapitulierte Freddy Rohrbacher. „… und wenn ich die bisherigen Low-Budget-Produktionen von Dir vor Augen führe, solls natürlich nichts kosten."

„Du kennst unsere Filme?", staunte Schöpf-Kelle.

„Ja, wundere Dich nur", ergänzte Rohrbacher, „selbstverständlich habe ich in den vergangenen Jahren von Deinen Filmaktivitäten gehört. Ich war sogar in Deinem letzten Dadord-Würzburch-Film drin. – War ja ganz amüsant."

Schöpf-Kelle runzelte die Stirn. Begeisterung klang anders. „Das neue Projekt läuft zwar wieder unter Dadord Würzburch", erklärte er, „wird aber ein richtiger Knüller! Eine billigere Werbung für Dein Hotel bekommst Du nicht mehr. Im Übrigen haben unsere Sponsoren den Etat erhöht, sodass wir zumindest einen Teil der Hotelkosten tragen können."

Freddy Rohrbacher seufzte, dann meinte er: „Ich bin mir ziemlich sicher, ich sollte eigentlich die Finger davon lassen. Wahrscheinlich lege ich wieder nur drauf. Aber, um der alten Zeiten willen, will ich zumindest einmal nachsehen, ob wir in der 29. Kalenderwoche überhaupt noch eine Suite frei haben. Da bin ich skeptisch." Man hörte Tastaturgeklapper. „Ich gehe natürlich davon aus, falls wir Deinen Wunsch erfüllen können, dass unsere Gäste hier durch die Filmarbeiten nicht belästigt werden und auch der Hotelbetrieb nicht beeinträchtigt wird."

Das sicherte Schöpf-Kelle zu.

„Was ist denn?", zeigte sich der Reporter nach kurzer Wartezeit ungeduldig. „Klappt's jetzt oder nicht?"

„In der 29. und 30. Kalenderwoche hat die Stadt Würzburg

das *Refugium*, also den gesamten Ostflügel des Hotels, reserviert. Mit einer Suite geht also gar nichts. Ich könnte Dir höchstens ein Doppelzimmer im Hauptgebäude anbieten, das wir zurzeit nicht vermieten können, weil dort Reparaturarbeiten fällig sind." Nach kurzer Pause fügte er hinzu: „Wenn allerdings die Gäste der Stadt die Anwesenheit Deiner Kamera stört, muss ich Dich wieder rausschmeißen!"

Schöpf-Kelle stieß innerlich einen Juchzer aus. Seine Informationen waren also richtig! In dieser Zeit wohnte dort der Ölscheich. Das Kernstück seines neuen Filmprojekts!

„Wird nicht passieren, da wir ein völlig neues Aufnahmeverfahren einsetzen werden."

Die beiden verabschiedeten sich voneinander und Schöpf-Kelle machte sich mit neuer Motivation an die Arbeit.

Erich Rottmann saß bei Elvira Stark im Wohnzimmer. Öchsle lag unterm Tisch und schlang gerade ein Wienerchen hinunter, das ihm Elvira aus dem Kühlschrank geholt hatte.

Rottmann war etwas nervös. Wenn Elvira ihn schon in aller Herrgottsfrüh anrief und um seinen Besuch bat, dann war etwas im Busch. Ihre Stimme klang am Telefon ziemlich angespannt. Eigentlich war er ja etwas unter Zeitdruck, denn die Zeiger der Uhr über der Kommode in Elviras Wohnzimmer schoben sich ungewöhnlich schnell vorwärts auf zehn Uhr. Stammtischzeit! Langsam könnte sie mal zur Sache kommen, dachte Rottmann. Vernehmlich räusperte er sich. Elvira verstand das Signal und ließ sich ihm gegenüber nieder. Sie wirkte ungewöhnlich blass und nervös.

„Erich, stell Dir vor, gestern Nachmittag hat Bürgermeister Farmer mich auf ein Gespräch zu sich gebeten. Erst dachte ich, es geht um meinen Arbeitsplatz …, … dann hat er aber die Katze aus dem Sack gelassen …"

„Ja, und …?"

„Du wirst es nicht glauben, aber er hat mir ein *unanständiges Angebot* gemacht!" Jetzt war es raus und man konnte ihr eine gewisse Erleichterung ansehen.

Erich Rottmann besaß für verklausulierte weibliche Mitteilungen, deren substanziellen Kern man als Mann erst mühsam entschlüsseln musste, so gar kein Talent.

„Das versteh ich nicht", gab er verwundert zurück. „Du willst mir doch jetzt nicht auf die sanfte Tour beibringen, Andy Farmer hätte Dich angebaggert?!"

Elvira schüttelte heftig den Kopf. „Nein, nein! Das wäre ja auch kein Problem, denn dann hätte ich ihm einfach meine Meinung gegeigt und die Sache wäre erledigt gewesen. Nein … es ist leider etwas komplizierter."

Als sie Rottmanns fragenden Blick sah, fuhr sie mit einem leisen Seufzer fort: „Stell Dir vor, Farmer hat mir einen höchst fragwürdigen Zusatzjob angeboten. Angeblich hat der OB ihn gebeten, mit mir Kontakt aufzunehmen." Pause. Rottmann war jetzt ganz Ohr. Wenn Elvira so herumeierte, war Unangenehmes im Busch. Sie gab sich einen Ruck.

„Er hat mich gefragt, … ob ich für einen Ölscheich, der demnächst wegen dieser Seilbahngeschichte als Investor nach Würzburg kommt, die weibliche Begleitung spielen würde."

„Aha!" Jetzt verschlug es Rottmann aber doch die Sprache. Die Vorstellung, dass sich ein Ölscheich für „seine Elvira" interessieren könnte, lag völlig außerhalb seiner Vorstellungssphäre. Wie geschockt er war, ließ sich an seiner gedanklichen Formulierung „seine Elvira" ablesen. Unter normalen Umständen hätten seine Junggesellen-Schutzmechanismen einen solchen Gedanken nie zugelassen.

„Ja, stell Dir vor", fuhr sie fort, „Andy Farmer hat mir eröffnet, der Scheich habe mich auf einem Foto gesehen und mich daraufhin auserwählt." Sie hob beschwörend die Hand. „Glaub mir, Erich, ich habe keine Ahnung, woher der Kerl mein Foto hat und wieso er ausgerechnet auf mich kommt!" Das Gespräch trieb ihr schon wieder den Blutdruck in die Höhe und die Zornesröte ins Gesicht.

Es trat eine längere Pause ein, die Rottmann benötigte, um diese Nachricht irgendwie zu verdauen. Schließlich wollte er wissen: „… und was sollst Du da machen? Weibliche Begleitung ist ja ein ziemlich dehnbarer Begriff." Erich Rottmann konnte sich als ehemaliger Leiter der Würzburger Mordkommission in seiner Fantasie zwar einige Dinge vorstellen, die da denkbar waren, versagte sich aber im Augenblick bewusst, diese gedanklich auszubauen.

„Das weiß ich doch nicht. Ich bin während des Gesprächs aufgestanden und einfach zur Tür rausgestürmt. Mit mir ist schlicht und ergreifend der Gaul durchgegangen." Fahrig wischte sie von ihrer Tischdecke einige imaginäre Brösel.

„Kann ich natürlich verstehen", erwiderte Rottmann. „Was willst Du jetzt machen? Kann mir nicht verstellen, dass sie die Angelegenheit so einfach auf sich beruhen lassen."

„Wahrscheinlich nicht. Möglichweise habe ich mir da selbst ein Bein gestellt."

Rottmann sah sie fragend an.

„Im Rathaus geht das Gerücht um, man wolle bei den Personalkosten Einsparungen vornehmen. Der Kämmerer beabsichtigt offenbar Dienstleistungsbereiche wie Facilitymanagement und Reinigung des Rathauses nach draußen zu verlagern. Bis jetzt habe ich noch nichts Konkretes gehört, aber wenn daran wirklich etwas Wahres ist, könnte es dann nicht sein, zuerst unbequeme Mitarbeiterinnen zu entlassen? Ich bin Farmer schon ziemlich wütend angegangen."

Erich Rottmann musste nun doch lachen. „Du kennst doch

Andy Farmer! Der teilt aus, kann aber auch einstecken. Wegen einer solchen Kleinigkeit kriegst Du bestimmt keinen Ärger. Schließlich hast Du ihm einmal das Leben gerettet. Sicher kam der Auftrag vom OB, mit Dir zu reden. Er weiß doch, dass Farmer einen guten Draht zu Dir hat. An Deiner Stelle würde ich jetzt erst mal gar nichts unternehmen. Wie es aussieht, brauchen sie dringend Deine Mitarbeit, sonst hätten sie Dir keinen Vertrag angeboten. Du wirst sehen, demnächst wird wieder jemand auf Dich zukommen. An Deiner Stelle würde ich erst mal fragen, was sich die Herren unter ‚weiblicher Begleitung' vorstellen."

Rottmann erhob sich. Öchsle stand sofort schwanzwedelnd neben ihm. „Elvira, ich muss jetzt. Mach Dir keine Gedanken, Du wirst sehen, das löst sich alles in Wohlgefallen auf. Wenn Du Hilfe benötigst, lass es mich wissen."

Sie begleitete ihn zur Tür. Erich Rottmann hatte leicht reden, er sollte ja nicht mit einem Scheich um die Häuser ziehen.

Kaum auf der Straße, zündete sich Rottmann seine Bruyère an. Ganz so gelassen, wie er gegenüber Elvira Stark getan hatte, war er nicht. Er nahm sich vor, nach dem Stammtisch mal einige seiner Quellen im Rathaus anzuzapfen. Auch wenn der Schoppenfetzer es sich niemals hätte anmerken lassen, berührte dieses Angebot an Elvira irgendwie seine persönliche Sphäre. Eine dicke Rauchwolke würzigen Tabakrauchs hinter sich herziehend, marschierte Rottmann mit grimmiger Miene in Richtung Stammtisch.

Korbinian Schwarz legte den Telefonhörer zurück in die Ladeschale auf seinem Schreibtisch. Er hatte noch nicht einmal seinen Morgenkaffee getrunken und schon gab's den ersten Ärger. Das soeben mit Konsul Ibrahim Abdel Wahab geführte Telefonat war nicht gerade sehr angenehm gewesen. Der Konsul erkundigte sich, ob alle Wünsche Seiner königlichen Hoheit, wie in seinem letzten Brief aufgelistet, von der Stadt Würzburg gewährleistet werden können. Insbesondere, ob die auf dem Foto abgelichtete Frau für SKH, wie gewünscht, zur Verfügung stünde. Ansonsten könne er sehr schnell das Interesse an einer Geschäftsverbindung verlieren.

Schwarz gab sich alle Mühe, den Konsul vom festen Willen des Oberbürgermeisters zu überzeugen, das gesamte Umfeld der Vertragsverhandlungen im Sinne des hochrangigen Gastes zu gestalten. Der Pressesprecher war sich nicht sicher, ob er den Konsul völlig überzeugen konnte. Jedenfalls war das Gespräch sehr schnell mit den üblichen Höflichkeitsfloskeln beendet. Schwarz überlegte einen Augenblick, dann erhob er sich, sagte seiner Sekretärin, er würde kurz Bürgermeister Farmer besuchen und verließ das Büro. Wenig später klopfte er an die Tür des Sekretariats des Rathauschefs. Frau Schmätzle-Eifrig winkte sofort ab, als sie den Pressesprecher erkannte, noch ehe der ein Wort sagen konnte.

„Tut mir leid, tut mir leid, aber der OB ist gerade in einer schwierigen Besprechung mit den Fraktionsvorsitzenden des Stadtrats. Wenn Sie ihn heute unbedingt sprechen wollen …" Sie blickte routiniert zum Terminkalender.

Schwarz winkte ab. „Wenn ich mich nicht irre, vertreten Sie doch im Augenblick die Sekretärin von Bürgermeister Farmer. Wissen Sie, ob er im Augenblick im Haus ist?"

Erneut warf sie einen Blick auf den Terminkalender. „Also ich habe hier nichts für ihn eingetragen."

Schwarz bedankte sich. Kurz danach stand er vor der Tür des zweiten Bürgermeisters. Er klopfte vernehmlich.

„Herein!", vernahm er die kräftige Stimme Farmers und trat ein.

„Ah, Schwarz, komm rein." Andy Farmer saß hinter seinem Schreibtisch, sein Jackett hing über der Rückenlehne seines Bürostuhls, die Ärmel seines Hemdes waren aufgerollt. Schwarz und Farmer kannten sich so gut, dass es keiner großartigen Förmlichkeiten bedurfte.

„Was ist los? Wo drückt der Schuh?" Mit einer Geste bot er Schwarz einen Stuhl an.

„Der Oberbürgermeister hat gerade eine Besprechung mit den Fraktionsvorsitzenden und keine Zeit für mich. Ich benötige aber eine Information, damit ich weiß, wie ich in einer bestimmten Sache weitermachen kann."

„Ich bin ganz Ohr!", erklärte Farmer und lehnte sich mit verschränkten Armen zurück.

Schwarz berichtete ihm mit knappen Worten über das mit dem Konsul geführte Gespräch. Farmer zog die Augenbrauen in die Höhe.

„Herr Farmer, Sie haben doch mit Frau Stark über den Wunsch SKH, dass sie ihm als Begleitdame für die Dauer seines Aufenthalts zur Verfügung stehen solle, gesprochen? Sie haben dem OB doch vorgestern berichtet, Frau Stark habe sich etwas Bedenkzeit ausbedungen. Hat sie mittlerweile zugestimmt?"

Andy Farmer hatte da, um Zeit zu gewinnen, dem Rathauschef die Wahrheit etwas geschönt vorgetragen. Geschickt verbarg er seine leichte Verlegenheit und legte seine Unterarme auf die Schreibtischunterlage.

„Nun, bis jetzt habe ich noch nichts von ihr gehört, ich denke aber, man sollte sie nicht bedrängen. Frau Stark ist eine sehr selbstbewusste Frau. Sie hat verständlicherweise gewisse Bedenken, ob die Wünsche des arabischen Gastes mit ihren Vorstellungen vereinbar sind. Kannst Du mir sagen, warum unser Investor ausgerechnet unsere Reinemachefrau auserkoren hat? Noch dazu, wo ihm nur ein heimlich aufgenommenes Foto zur Verfügung stand. Frau Stark ist figürlich gewiss eine adrette, stramme Unterfränkin, aber jetzt bestimmt keine MISS IRGENDWAS. Was verspricht sich der Scheich davon? Der hat doch schon drei Frauen!"

Schwarz schlug sich mit der flachen Hand auf den Oberschenkel. „Mein Gott, das weiß ich doch auch nicht! Vielleicht ist es gerade diese stramme Figur, die den Geschmack des Prinzen getroffen hat. Er wird sie sich wohl nicht gleich in seinen Harem einverleiben wollen. Wie ich aus einer Internet-Recherche zu seiner Person ermittelt habe, ist er ja auch nicht mehr der Jüngste.

Haben Sie ihr nicht gesagt, dass die Stadt sich die Angelegenheit etwas kosten lassen würde? Da müssen wir halt noch eine Schippe drauflegen!"

„Lieber Schwarz, Du kennst diese Frau nicht. Elvira Stark lässt sich mit Sicherheit nicht durch Geld zu etwas bewegen, was ihr gegen den Strich geht." Er schnaufte einmal tief durch. „Wenn die Angelegenheit so dringend ist, werde ich halt noch einmal einen Versuch starten. Aber sie wird sich mit Sicherheit nicht unter Druck setzen lassen."

Der Pressesprecher musste sich wohl oder übel im Augenblick mit dieser Aussage zufriedengeben. Nachdem Schwarz ihn verlassen hatte, grübelte der Bürgermeister einen Moment nach, dann warf er einen Blick auf seine Armbanduhr. Schließlich stand er auf, zog sein Jackett an und verließ das Rathaus. Schnellen Schrittes überquerte er den Unteren Markt und bog in die Maulhardgasse ein. Er musste sich für die Verhandlung mit Elvira Stark Unterstützung beschaffen!

Konsul Ibrahim Abdel Wahab saß nach dem Telefonat mit dem Pressesprecher geraume Zeit hinter seinem Schreibtisch und kochte innerlich. Dieses zögerliche Verhalten der Würzburger Rathausspitze empfand er regelrecht als Beleidigung!

Da wollten diese Politiker das Geld des Prinzen, waren aber offenbar nicht fähig, ihm die einfachsten Wünsche zu erfüllen. Ihm selbst drohten durch das Verhalten dieser Leute mit Sicherheit Repressalien. Der Prinz hatte kein Verständnis dafür, wenn man seine Wünsche nicht umgehend erfüllte. Ibrahim Abdel Wahab befürchtete, in Ungnade zu fallen. Die Folge wäre, bestenfalls, ein massiver Karriereknick. Vor seinem geistigen Auge entstand für einen Moment das Bild des in der Wüste hingerichteten Mannes. Er traf eine Entscheidung. Es blieb ihm nichts anderes übrig, als diese Sache selbst in die Hand zu nehmen und den Würzburgern etwas auf die Sprünge zu helfen. In seinem Heimatland gab es für solche Fälle ausgesprochen wirksame „Motivationsmöglichkeiten", die er hier allerdings nicht einsetzen konnte. Es war Eile geboten. Früher oder später würde das Büro des Prinzen hier in der Botschaft anfragen und sich nach dem Sachstand des geplanten Projekts erkundigen. Dann musste er Ergebnisse liefern. Er griff zum Telefonhörer und befahl Achmed, seinen Fahrer, zu sich. Es dauerte nur wenige Minuten, dann stand der uniformierte Mann vor seinem Schreibtisch und salutierte. Der Konsul machte ihm ein Zeichen, bequem zu stehen, dann fragte er: „Achmed, haben wir zurzeit ein unauffälliges Fahrzeug in der Fahrbereitschaft, das man nicht gleich auf den ersten Blick der Botschaft zuordnen kann?"

Achmed überlegte einen Augenblick, dann erwiderte er: „Wir besitzen einen Geländewagen, den der Botschafter gerne am Wochenende für Ausflüge in die Umgebung nutzt. Alle anderen Fahrzeuge unseres Fuhrparks sind repräsentativ und ziemlich auffällig."

Der Konsul dachte einen Moment nach, dann erklärte er: „Der Botschafter ist für einige Tage nach Baramutha geflogen, um im Königshaus Bericht zu erstatten. Er wird den Ge-

ländewagen in den nächsten Tagen sicher nicht benötigen …
Achmed, machen sie den Wagen fertig und packen Sie für sich
ein paar Sachen ein. Wir werden für ein paar Tage inkognito
nach Würzburg fahren." Achmed salutierte und wollte schon
gehen, als der Konsul igm nachrief: „Aber bitte unauffällige
Freizeitkleidung, wir agieren, wie gesagt, im Geheimen." Achmed nickte, dann verließ er eilig den Raum.

Zur verabredeten Zeit lenkte Achmed den Jeep auf den kleinen Hof des Botschaftsgeländes. Er musste nicht lange warten,
dann kam Konsul Abdel Wahab aus dem Haus, öffnete die Tür
des Geländewagens und warf eine Reisetasche auf die Rücksitzbank. Er trug sportliche Freizeitkleidung und nahm mit
einem zufriedenen Nicken zur Kenntnis, dass auch Achmed
entsprechend locker gekleidet war. Der Konsul ließ sich auf
den Beifahrersitz gleiten und machte ein Handzeichen.

„Fahren wir!"

Achmed betätigte den Anlasser und der Motor des Gelän-
defahrzeugs sprang sofort an. Ein Soldat der Wache öffnete
ihnen das Tor und wenig später fuhren sie auf die Autobahn.
Da die Reisegeschwindigkeit des Jeeps deutlich unter der einer
der Luxuslimousinen der Botschaft lag, rechnete der Konsul
mit einer Fahrtdauer von ungefähr sechs Stunden. Im Bot-
schaftssekretariat bemühte man sich zwischenzeitlich um die
Reservierung von zwei Zimmern in einem Hotel in der Stadt.
Abdel Wahab hatte ausdrücklich darum gebeten, sich beim
Anruf nicht als Botschaft zu erkennen zu geben. Er wusste
aus Erfahrung, wie schnell sich Besuche von Diplomaten in
einer Stadt herumsprachen. Das wäre seiner Sache im Augenblick absolut nicht dienlich gewesen. Der Konsul schaltete das
Autoradio ein und startete eine CD. Kurz darauf ertönte leise
orientalische Musik. Er kippte seine Rückenlehne ein Stück
nach hinten, lehnte seinen Kopf an und schloss die Augen.

Die Monotonie des Motorengeräusches begleitete ihn in den Schlaf.

Die vereinigten Schoppenfetzer rund um den Stammtisch bekamen große Augen, als Bürgermeister Andy Farmer zur Tür ihres Stammlokals hereinkam und direkt auf sie zu steuerte.

„Einen wunderschönen guten Morgen, meine Herren, ich hoffe, den Schoppen kann man trinken?"

Die Schoppenbrüder unterbrachen ihre angeregte Unterhaltung und richteten ihre volle Aufmerksamkeit auf den Bürgermeister. Ihnen war klar, dass er ihnen nicht nur einen Gruß zuwerfen wollte. Der richtete sein Augenmerk auch gleich auf Erich Rottmann, der auf seinem Stammplatz auf der Bank saß und gerade die Reste einer Leberkäs-Brotzeit vertilgte. Eine geradezu sakrale Handlung, bei der ein Störer normalerweise reichen unterfränkischen Wortschatz zu hören bekam.

„Herr Rottmann, ich muss mich entschuldigen, dass ich Dich hier beim Stammtisch störe. Es gibt da aber eine Angelegenheit, die ich gerne mit Dir besprochen hätte und die eigentlich keinen Aufschub duldet. Vertraulich! Können wir uns kurz ins Nebenzimmer setzen?"

Rottmann sah verwundert in die Runde, dann entgegnete er: „Naja, wenn's gar so eilig ist, dann gehen wir halt nach nebenan." Er machte seinen Sitznachbarn ein Zeichen, damit sie sich erhoben und ihn aufstehen ließen. Öchsle bemerkte natürlich, dass sich sein Mensch vom Tisch entfernte und verließ ebenfalls seinen Stammplatz unter der Sitzbank. Rottmann schnappte sich sein Schoppenglas und marschierte ins leere Nebenzimmer.

Andy Farmer entschuldigte sich nochmals für die Störung und eilte Erich Rottmann hinterher. Sie ließen sich an einem der Tische nieder und der Bürgermeister bestellte sich bei der Bedienung ein saures Weinschorle. Während Öchsle sich neben Rottmann niederlegte, musterte der Exkommissar Andy Farmer neugierig. Er war jetzt wirklich gespannt, was der zweite Mann der Stadt von ihm wollte.

Farmer kam gleich zur Sache: „Lieber Erich Rottmann, die Stadtverwaltung hat ein Problem, bei dem Du uns aus der Patsche helfen müsstest." Er nahm einen Schluck von dem mittlerweile eingetroffenen Schorle. „Dank unsrer rührigen Presse ist es ja inzwischen kein Geheimnis mehr, dass die Stadt ein sehr innovatives Projekt plant."

„Sie sprechen wohl von der Seilbahngeschichte? Also, ist an der Sache wirklich was dran?"

„Ja, schon. Aber was ich Dir jetzt sage, ist noch nicht bekannt. Deshalb muss ich von Dir absolutes Stillschweigen verlangen. Kann ich mich darauf verlassen?"

Erich Rottmann zuckte mit den Schultern. „Ich kann schweigen. Aber ich kann keine Garantie dafür übernehmen, dass nicht anderweitig etwas durchsickert."

Farmer nickte und fuhr fort: „Wir haben mittlerweile einen potenten Investor, der sich mit einer hohen Summe in das Projekt einbringen will." Farmer senkte die Stimme nochmals. „Bei dem Investor handelt es sich um einen sehr vermögenden Ölmagnaten aus dem arabischen Raum."

Erich Rottmann zog die Augenbrauen in die Höhe. Farmer fuhr fort: „Und damit wären wir auch schon bei unserem Problem ..."

Rottmann wartete darauf, dass er weitersprach.

„... Es handelt sich dabei um Seine königliche Hoheit Prinz Faisal bin Yusuf 'Asada Aljabal aus dem Königreich Baramutha."

„Oh Gott, der Name ist ja der reinste Zungenbrecher. Mir

sagt weder der Name des Prinzen noch der des Königreichs etwas", erklärte Rottmann.

Andy Farmer winkte ab. „Ich hatte bis jetzt auch keine Ahnung davon. Es muss sich um eine kleine Insel in der Nähe von Bahrain handeln. Jedenfalls, dieser Prinz will demnächst Würzburg besuchen, um mit uns die organisatorischen und geschäftlichen Einzelheiten unserer Zusammenarbeit zu besprechen. Er wird seinen halben Hofstaat mitbringen. Wir haben oben auf der Steinburg den ganzen Nebenbau reserviert. Er wollte unbedingt da oben wohnen, weil ihn das Relief des *Löwen am Stein* in der Weinbergsmauer dort so fasziniert."

Erich Rottmann hatte noch Elviras Worte von vorhin im Ohr und konnte sich denken, wohin die Reise dieses Gesprächs ging.

Als hätte er seine Gedanken gelesen, fuhr der Bürgermeister fort: „… und damit kommen wir jetzt zu unserem Problem …

Vor Kurzem war eine kleine Delegation der baramuthaischen Botschaft, in Person eines Konsuls, bei uns zu Besuch. Der hat uns klargemacht, welche Bedingungen wir erfüllen müssen, damit der Prinz seinen Fuß in unsere Stadt setzt. Rottmann, ich kann Dir sagen, wenn uns die englische Queen besuchen würde, müssten wir wahrscheinlich weniger Aufwand betreiben!" Farmer sammelte sich und redete weiter: „Das ist alles irgendwie machbar, allerdings steht ein Punkt auf seiner Wunschliste, der uns größtes Kopfzerbrechen bereitet. Auf Befehl des Prinzen ließ der Konsul bei seinem Vorbereitungsbesuch in Würzburg verschiedene Würzburgerinnen fotografieren. Angeblich, weil er sich während seines Besuchs von einer richtigen Unterfränkin begleiten lassen will. Spinnerte Allüren, wenn Du mich fragst …"

Rottmann kannte ja die Geschichte aus Elviras Mund,

behielt sein Wissen aber für sich, weil er sich noch weitere Informationen versprach.

„... Von uns unbemerkt, muss der Konsul bei uns im Hause Elvira Stark fotografiert haben. Der Prinz hat die Fotos erhalten und will nun unter allen Umständen ausgerechnet unsere Reinemachefrau als Begleiterin während seines Besuchs an seiner Seite haben." Er zuckte mit den Schultern. „Ich habe Frau Stark die Wünsche des Prinzen erläutert und ihr ein großzügiges finanzielles Angebot der Stadt gemacht. Du kennst sie ja besser als ich, daher kannst Du Dir vorstellen, wie sie reagiert hat. Ich musste am nächsten Tag die Türscharniere meines Büros nachstellen lassen, so heftig hat sie die Tür von draußen zugeknallt."

Jetzt musste Erich Rottmann doch schmunzeln. Schließlich kannte er das Temperament seiner ... *Bekannten.* „Elvira hat mir ein paar Andeutungen gemacht. Ich muss schon sagen, es ist ein ziemlich starkes Stück, dass die Stadt von ihr erwartet, den Wünschen eines arabischen Ölscheichs ... entgegenzukommen. Um es einmal so vorsichtig zu umschreiben."

„Mein Gott, was hat die Frau denn für Vorstellungen, was wir von ihr erwarten? Sie soll ihn doch nur begleiten und ihm die Sehenswürdigkeiten von Würzburg näherbringen. Uns schwebt bestimmt keine unmoralische Dienstleistung vor! Meine private Vermutung ist, sie entspricht vermutlich irgendwie einem persönlichen Schönheitsideal des Prinzen. Ich habe mir sagen lassen, Orientalen lieben bei Frauen eher weibliche Figuren. Wenn Du verstehst, was ich meine ..." Farmer lehnte sich auf seinem Stuhl zurück und fixierte sein Gegenüber. „Ich will Dir nicht zu nahetreten, aber wir alle wissen von dem guten Verhältnis, das Du zu unserer Perle pflegst. Rottmann, ich möchte Dich wirklich sehr bitten, Frau Stark dazu zu bewegen, sich nochmals in aller Ruhe mit mir zu unterhalten. Da unser letztes Gespräch ziemlich abrupt endete, konnte ich ihr nicht alle Details unserer Gestaltungsvorstellungen erläutern. Es ist kaum zu glauben, aber der Prinz wird seinen Besuch bei uns und damit die Aufnahme der Geschäftsverhandlungen von der Erfüllung dieses Wunsches abhängig machen. Du würdest Dich um die Belange der Stadt wirklich sehr verdient machen, wenn Du bereit wärst, mit Frau Stark in unserem Sinne zu sprechen."

Rottmann überlegte einen Moment, ehe er antwortete. „Ich glaube, ich habe verstanden, um was es geht. Ihr habt Angst, den Investor zu vergraulen, wenn er nicht bekommt, was er will. Allerdings muss ich Euch schon sagen, an Eurer Stelle würde ich mir einige Gedanken über die Seriosität dieses Geschäftspartners machen. Seine Investitionsbereitschaft von der Tatsache abhängig macht, ob eine bestimmte Frau bereit ist, Zeit mit ihm zu verbringen, ist doch mehr als fragwürdig. Das ist meine Meinung. Kommen wir zu Ihrem Anliegen. Sie wollen also, dass ich Frau Stark überrede, mit Ihnen diesen Deal zu machen, ohne klare Definition der Bedingungen dieser Übereinkunft. Mal anders gefragt, was geschieht, wenn dieser Prinz sich unter ‚Zeit verbringen' etwas anderes vorstellt, als die Stadt oder Frau Stark? Oder noch deutlicher formuliert, wer oder was schützt sie, wenn ihr der Prinz an die Wäsche will?"

Farmer verlor langsam die Geduld. „Mein Gott Rottmann, jetzt male doch nicht gleich den Teufel an die Wand! Ich verdanke Frau Stark gewissermaßen mein Leben! Niemals würde ich etwas von ihr verlangen, was ihr schadet! Jetzt rede halt in Gottes Namen noch mal mit ihr! Auf Dich hört sie doch!"

Öchsle unter dem Tisch bekam natürlich mit, dass sich die Stimme von Rottmanns Gesprächspartner plötzlich leicht aggressiv anhörte. Er setzte sich auf und gab ein leises Knurren von sich. Rottmann legte ihm seine Hand auf den Kopf und tätschelte ihn beruhigend. Farmer wurde wieder leiser. An den Hund hatte er gar nicht mehr gedacht.

„Also gut", erklärte Rottmann, „ich sag ihr, sie soll sich noch einmal bei Ihnen melden. Aber ich werde sie sicher nicht überreden, wenn sie nicht will."

„Rottmann, da bin ich Dir aber sehr dankbar. Einen konkreten Zeitpunkt für den Besuch haben wir noch nicht. Ich denke, den bekommen wir mitgeteilt, wenn wir ihnen zusichern, dass die Wünsche SKH erfüllt werden."

Die beiden verabschiedeten sich voneinander und Rottmann setzte sich mit seinem fast geleerten Schoppenglas an den Stammtisch zurück. Die neugierigen Fragen seiner Schoppenbrüder ließ er unbeantwortet und begründete dies mit vertraulichen städtischen Regierungsgeschäften. Was seine Stammtischbrüder zu wilden Spekulationen veranlasste. Rottmann hörte gar nicht mehr zu. Er grübelte darüber nach, wie er es angehen sollte, Elvira Stark von der Lauterkeit des städtischen Angebots zu überzeugen. Das Problem war, Rottmann hielt selbst nicht viel davon. In diesem Zusammenhang griff ein seltenes Gefühl nach seinen Gedanken. Eifersucht! Zugegeben hätte er das natürlich nie, nicht einmal vor sich selbst.

Sie erreichten das Hotel am späten Nachmittag. Der Konsul befahl Achmed, an der Anmeldung die notwendigen Formalitäten zu erledigen. Er verließ das Fahrzeug und schlenderte ein Stück vom Hotel weg die Straße entlang, um sich die Beine zu vertreten. Dabei beobachtete er die Menschen und den Verkehr, der sich an den Ampeln staute. Er war in einer kleinen Oase geboren. Rings um die Oase erstreckte sich die Wüste. Ihre Fortbewegungsmittel waren Geländewagen und

Kamele. Die Menschen hier lebten in Luxus und Überfluss und wussten es gar nicht zu schätzen. Zurück am Auto, war Achmed gerade dabei, ihre wenigen Gepäckstücke auszuladen.

„Ist alles gut gelaufen? Musstest Du unsere Pässe vorzeigen? Hat jemand Fragen gestellt?"

Achmed verneinte. „Keinerlei Probleme. Sie hatten an der Rezeption ziemlich viel zu tun. Sie haben mir unsere Schlüsselkarten ausgehändigt. Unsere Zimmer liegen auf dem gleichen Flur."

Achmed packte die Gepäckstücke und wollte zum Eingang laufen.

„Halt, warte, gib mir meine Tasche. Es könnte auffallen, wenn Du mir meine Sachen trägst." Er griff sich die Henkel der Tasche, die Achmed ihm hinhielt und marschierte los. Der Soldat zuckte mit den Schultern und folgte ihm. Er war es gewohnt zu gehorchen. Sie verabredeten sich in einer Stunde. Der Konsul wusste, dass Achmed, der ein gläubiger Muslim war, jetzt sein Nachmittagsgebet nachholen würde. Er selbst war eher etwas lau und hielt sich im Ausland nicht konsequent an die Gebetsregeln.

Nachdem Ibrahim Abdel Wahab geduscht und neue Kleidung angezogen hatte, fühlte er sich wieder erfrischt. Auf der Fahrt hierher hatte er ausreichend Gelegenheit gehabt, sich sein weiteres Vorgehen zu überlegen. Er griff zum Mobiltelefon und rief in der Botschaft an. Bestimmte Telefone waren Tag und Nacht besetzt. Er befahl dem diensthabenden Sekretär, ihm umgehend die Telefonnummer einer guten Detektei in Würzburg herauszusuchen und ihm den Kontakt direkt aufs Mobiltelefon zu schicken. Er steckte das Telefon in die Hosentasche, dabei verspürte er im Bauch ein heftiges Grummeln. Jetzt erst fiel ihm sein knurrender Magen auf. Während der

Fahrt hatten sie nur Stopp zum Tanken gemacht und dabei ein Stück Kuchen gegessen. Er öffnete erneut sein Handy und gab in die Suche „Halal Restaurant" ein. Eigentlich waren seine Erwartungen über die Ausbeute der Suche nicht sonderlich groß, umso erstaunter war er, sofort fünf Treffer zu bekommen. Er wählte ein Restaurant aus, das auf der Karte türkische und afghanische Spezialitäten anbot. Der Website entnahm er, dass viele der Speisen *halal*, also für Muslime erlaubt waren. Er traf diese Auswahl in erster Linie für Achmed, der sich an die Regeln des Koran hielt. Zehn Minuten später zeigte ein Klingelton die erwartete Nachricht der Botschaft an. Man hatte in Würzburg drei Privatdetekteien ermittelt. Zwei davon waren überregional agierende Detekteien, mit Stammsitzen in großen bayerischen Städten. Der Konsul suchte eher etwas Kleineres, möglichst einen Einmannbetrieb, und wurde schließlich fündig unter der Adresse *www.Detektei Frankenspy.org,* die laut ihrem minimalistischen Internetauftritt ein Büro mitten in der Stadt unterhielt und sich für Ermittlungen aller Art empfahl. Das Foto des Detektivs zeigte einen mittelalten Charakterkopf mit Vollglatze, der ein leichtes Grinsen zeigte und einen erhobenen Daumen in die Kamera hielt. Die Bildunterschrift lautete: „Allzeit für Sie bereit!". Als Kontaktmöglichkeit war nur eine Mobilfunknummer angegeben, die angeblich rund um die Uhr besetzt war. Abdel Wahab wählte. Schon nach wenigen Klingeltönen wurde abgenommen.

„Hier Detektei Frankenspy, Sie sprechen mit Rolf Frank. Was kann ich für Sie tun?" Die Stimme klang fest und dynamisch.

„Mein Name ist Abdel Wahab", gab sich der Konsul zu erkennen, „ich würde Sie gerne mit einer Personenermittlung beauftragen. Hierzu möchte ich Sie bitten, mich heute um dreiundzwanzig Uhr in meinen Räumen im Hotel *Amberger* aufzusuchen, damit wir die Angelegenheit durchsprechen können. Ich muss mich für die späte Uhrzeit entschuldigen, aber ich bin heute erst in Würzburg angekommen und die Sache eilt etwas."

„Das geht in Ordnung", erklärte der Detektiv, „dreiundzwanzig Uhr in Ihrem Hotelzimmer. Nur zur Klarstellung, der Hausbesuch ist bereits kostenpflichtig."

„Kein Problem", gab der Konsul knapp zurück und legte wieder auf. Zwanzig Minuten später lenkte Achmed den Geländewagen in Richtung Stadt. Die Speisen in dem ausgewählten Restaurant waren ausgesprochen köstlich und reichlich. Nachdem sie gesättigt waren, gingen sie zum Hotel zurück. Der Konsul informierte die Rezeption davon, dass er noch einen späten Gast erwarte, den man bitte sofort zu seinem Zimmer weiterleiten möge.

Eine Minute vor dreiundzwanzig Uhr klopfte es an seine Tür. Der Konsul musste leicht schmunzeln, die den Deutschen nachgesagte Pünktlichkeit bestätigte sich. Er ging zur Tür und öffnete. Unzweifelhaft stand da in etwas Abstand das deutlich älter wirkende, etwas korpulentere Original des Fotos vor ihm.

„Rolf Frank", erklärte der späte Besucher knapp.

Der Konsul trat zur Seite und öffnete die Zimmertür weit. „Sie sind pünktlich. Kommen Sie herein."

Der Detektiv trat ein, wobei sein Blick blitzschnell den Raum erforschte.

„Nehmen Sie Platz", forderte der Konsul ihn auf und ließ sich in dem zweiten Sessel des Zimmers nieder.

Der Detektiv setzte sich, dabei musterte er sein Gegenüber aufmerksam. Schweigend erwartete er die Gesprächsinitiative seines potenziellen Auftraggebers. Abdel Wahab griff in die Innentasche seines Jacketts und holte eine mittelgroße Fotografie heraus, die er dem Detektiv hinüberreichte.

„Ich möchte, dass Sie für mich die Adresse dieser Frau herausfinden. Mich interessiert insbesondere auch ihr familiäres Umfeld. Sie verstehen, ob verheiratet oder sonst irgendwie liiert. Die Frau darf auf keinen Fall etwas von Ihren Ermittlungen mitbekommen. Dieser Auftrag und Ihre gewonnenen Erkenntnisse sind absolut vertraulich zu behandeln. Sobald Sie etwa Verwertbares herausgefunden haben, berichten Sie mir sofort persönlich, hier im Hotel."

Frank überlegte einen Moment, dann nickte er. „Gut. Ich werde mich darum kümmern."

Rolf Frank verließ das Rathausgelände über den Ehrenhof und setzte sich am Oberen Markt in ein Straßencafé. Mit dem Namen als Anhaltspunkt war es ihm sicher möglich, ihre Adresse im Netz herauszufinden. Die meisten Menschen hinterließen im Internet ihre Spuren. Das Netz vergaß bekanntlich nie. Auch wenn sich das die meisten Menschen nicht vor Augen hielten. Er wunderte sich nicht, als er in Google Elvira Starks Namen eingab und sofort einige Treffer erhielt. In seinem Büro würde er am großen Bildschirm alle Fundstellen gründlich durcharbeiten. Jedenfalls war er hier auf einer heißen Spur.

Am nächsten Tag erhielt Konsul Abdel Wahab einen Anruf auf sein Handy. Der von ihm beauftragte Privatermittler war am Telefon und teilte ihm das Ergebnis seiner bisherigen Recherchen mit.

„Die von Ihnen gesuchte Frau heißt Elvira Stark und ist tatsächlich Reinemachefrau auf der Chefetage des Rathauses. Sie hat eine Eigentumswohnung in der Rosengasse in Würzburg. Ich schicke Ihnen als Anlage ein Bild des Stadtplans von Würzburg und markiere die Adresse."

„Das ist ausgezeichnete Arbeit", erklärte der Konsul hocherfreut, „damit kann ich schon etwas anfangen. Vielen Dank!"

„Gerne!", erwiderte Frank, dann fuhr er fort: „Da gibt es aber noch etwas, was sie wissen sollten. Diese Elvira Stark ist anscheinend mit einem ehemaligen Kriminalbeamten der Mordkommission liiert. Er heißt Erich Rottmann und wohnt in der gleichen Straße wie Frau Stark, direkt in ihrer Nachbarschaft, ein Haus weiter, zur Miete." Er unterbrach sich kurz, dann konkretisierte er: „Ich weiß, ehrlich gesagt, nicht, ob liiert die richtige Bezeichnung ist. Jedenfalls wohnen sie nicht zusammen, werden aber in verschiedenen Zusammenhängen gemeinsam in der Presse erwähnt. Die Sache ist etwas undurchsichtig. Ich kenne jedenfalls diesen Rottmann persönlich aus meiner früheren Zeit als Polizeibeamter. Er war damals als Leiter der Mordkommission in Kollegenkreisen als ziemlich harter Hund bekannt. Jetzt ist er schon geraume Zeit pensioniert, mischt sich aber offenbar, wenn man den Presseartikeln Glauben schenken kann, immer wieder in die Ermittlungsarbeit der Kriminalpolizei ein."

Der Konsul hörte dem Detektiv sehr aufmerksam zu, ohne ihn zu unterbrechen.

„Gibt es sonst noch etwas, was ich wissen sollte?", fragte er schließlich nach.

„Nein! Ich hoffe, Sie können damit etwas anfangen. Sollten Sie noch Fragen haben, rufen Sie mich einfach an, Sie haben ja meine Nummer. – Damit betrachte ich den Auftrag vorläufig für abgeschlossen. Die Bilddatei mit dem gekennzeichneten Stadtplan ist bereits zu Ihnen unterwegs", stellte er abschließend fest.

Der Konsul bestätigte die Informationen und bekräftigte nochmals, dass er das bereits gezahlte Honorar behalten könne. Nachdem Abdel Wahab aufgelegt hatte, saß er eine Weile ruhig und sah zum Fenster hinaus. Das Ping seines Mobiltelefons riss ihn aus seinen Gedanken. Das Bild war eingegangen. Er studierte die gekennzeichnete Stelle des Stadtplans. Wenn er das richtig einschätzen konnte, handelte es sich bei der Rosengasse um eine schmale Straße, die verkehrstechnisch wohl nicht stark frequentiert wurde. Das war für sein Vorhaben sicher vorteilhaft. Er wählte die Nummer von Achmed und befahl ihn zu sich. Abdel Wahab hatte aus seiner Zeit als Leiter des Geheimdienstes des Königs die Angewohnheit mitgenommen, bei einem Einsatz nichts dem Zufall zu überlassen. Dass das hier ein regelrechter Einsatz war, daran hatte er keinen Zweifel. Der Prinz war es gewohnt, seine Wünsche unter allen Umständen erfüllt zu sehen. Keine zwei Minuten später klopfte es und Achmed trat ein.

Der Konsul instruierte ihn über die neuesten Informationen.

„Wir werden dort etwas Aufklärungsarbeit betreiben. Uns nur mal umsehen, nicht mehr", stellte er am Schluss seiner Ausführungen fest. „Wie ich über Google Maps feststellen konnte, können wir unten am Fluss parken. Von dort aus sind es nur wenige Gehminuten bis zu dieser Rosengasse und der Zieladresse. Wir müssen uns möglichst unauffällig verhalten. Der Freund, Mann, Lebensgefährte, wie man es nennen will, der Frau ist ein ehemaliger Polizist und wohnt direkt im Haus neben ihr. Ich möchte herausfinden, ob wir dort etwas unternehmen können, ohne aufzufallen."

Etwas später fuhren sie in die Stadt.

Am Abend des gleichen Tages saß Schöpf-Kelle auf der Couch im Wohnzimmer seiner Geliebten und hielt die Kladde mit dem Filmtreatment in der Hand. Sie entspannte im Sessel gegenüber und lauschte interessiert seinen Erklärungen.

„Also Schatz, für Dich habe ich die Rolle der Weinprinzessin *Annerose Löffler* vorgesehen. Das ist eine wichtige Figur, um die sich in dem Film praktisch alles dreht. Du hast mir ja gesagt, dass dieser Ölscheich, der da als Investor kommen soll, tatsächlich in der Realität sehr an unterfränkischen Frauen interessiert ist. In der Geschichte nun verlangt er, die Bekanntschaft einer Weinprinzessin zu machen, ansonsten er damit droht, den Deal mit der Stadt platzen zu lassen. Das wollen die Herren der Stadtregierung natürlich nicht riskieren. Der Pressereferent wird vom OB angewiesen, hier eine Lösung zu finden. Der Pressesprecher war vor einigen Jahren mit Dir liiert, zu dieser Zeit warst Du Weinprinzessin von Heidingsfeld. Er kommt nun auf die Idee, Dich, die Chefsekretärin des Oberbürgermeisters, zu überreden, mitzuspielen und die Rolle der Weinprinzessin zu übernehmen, die sich der Prinz dann vorstellen lässt. Als pflichtbewusste Mitarbeiterin des Oberbürgermeisters entsprichst Du seiner Bitte und erklärst Dich selbstlos bereit, quasi die Stadt zu retten. Du wirst dann dem Prinzen in seiner Suite im Schlosshotel Steinburg vorgestellt. Dort kommt ihr Euch dann näher. Das muss ich allerdings noch detailliert ausarbeiten. Du trägst auf jeden Fall ein Dirndl, damit der Prinz auch Deine weiblichen Vorzüge sehen kann." Er grinste sie an.

Sie hob den Finger. „Ich habe Dir aber gesagt, Nacktaufnahmen oder gar Sexszenen lasse ich mit mir nicht machen! Mir ist Seriosität wichtig! Schließlich muss ich ja noch im Rathaus arbeiten."

Schöpf-Kelle schüttelte den Kopf. „Da mach Dir mal keine Sorgen. Sollten wir wirklich ein paar scharfe Szenen benötigen, können wir das so aufnehmen, dass kein Mensch Einzelheiten erkennt. Außerdem besteht ja die Möglichkeit, ein Bodydouble einsetzen."

Sie fuhr auf. „Willst Du damit sagen, ich könnte meinen

Körper nicht zeigen!" Ihre Stimme war um eine Oktave gestiegen.

Schöpf-Kelle war klar, im Augenblick war das Eis, auf dem er sich bewegte, ziemlich dünn. „Schatz, selbstverständlich könntest Du Deinen Traumkörper unproblematisch filmen lassen, aber da hätte ich etwas dagegen! Dieser sexy Anblick gehört alleine mir! Außerdem lege auch ich großen Wert auf Seriosität!" Er sah sie liebevoll lächelnd an. Innerlich schnaufte er durch. Diese Klippe hatte er gerade noch umschifft!

„Wer spielt eigentlich den Prinzen? Und wie komme ich aus dieser Situation wieder heraus?", wollte sie wissen.

„Diese Rolle habe ich noch nicht besetzt. Mir schwebt da ein eher korpulenter Typus vor, also, so was stinkreiches Orientalisches, der sich mit Geld alles leisten kann."

Sie sah ihn entsetzt an. „Du willst mich doch wohl nicht mit einem dicken Geldsack verkuppeln. Ich habe da eher an eine Art jungen, gutaussehenden Traumprinzen gedacht!"

Schöpf-Kelle lachte. „Tut mir leid, aber der Bursche soll ja unsympathisch wirken, damit dann Dein Retter entsprechend gut rüberkommt. Und dieser Retter wird der Detektiv Axel Strick sein, also ich. Der Pressesprecher bekommt Gewissensbisse, als er merkt, dass Dich der Prinz vereinnahmen will. Es besteht die Gefahr einer Entführung! Daraufhin beauftragt er mich, also Strick, Dich aus dem quasi Serail zu befreien.

Na, was sagst Du? Das ist natürlich alles erst ein Grobkonzept, das noch sorgfältiger ausgearbeitet werden muss. Nachdem es sich aber um eine Realityperformance handelt, muss man auch entsprechende Spielräume fürs Improvisieren lassen. Außerdem muss ich noch irgendwie eine Leiche einbauen, damit das auch richtig wuppt."

Die beiden diskutierten noch den einen und den anderen Gesichtspunkt der Story, dann suchten sie das Schlafzimmer auf. Über der vielen Arbeit durfte man nicht die angenehme, motivierende Seite eines solchen kreativen Prozesses vernachlässigen. Schöpf-Kelle schlich sich zwei Stunden später schon wieder aus dem Liebesnest davon. Sabrina Schmätzle-Eifrig lag noch lange wach und träumte von ihrer zukünftigen Rolle als Weinprinzessin Annerose Löffler. Viele bekannte Schauspielerinnen begannen mit kleinen Rollen in unspektakulären Filmchen. Sie war zielstrebig und intelligent, Schöpf-Kelle nur ein Sprungbrett.

Erich Rottmann verließ den Stammtisch kurz vor Mitternacht. Es war etwas später und auch ein paar Schoppen mehr geworden, als ursprünglich geplant. Rottmann hatte sich eigentlich vorgenommen, heute noch mit Elvira Stark über die Bitte von Andy Farmer zu reden. Wenn Rottmann ehrlich zu sich selbst war, musste er feststellen, trotz der Schoppen war seine Motivation, Farmer diesen Wunsch zu erfüllen, sehr schaumgebremst. Während er, eingehüllt in Dampfwolken aus seiner Bruyère, über den Unteren Mark marschierte, fasste er einen Entschluss. Sollte bei Elvira noch Licht brennen, würde er bei ihr anläuten. Vielleicht ließ sie ihn noch rein, und er konnte die leidige Angelegenheit hinter sich bringen. Öchsle tappte müde hinter seinem Menschen her. Rottmann war mit ihm länger als zwei Stunden am Main spazieren gegangen. Der Rüde drehte dabei einige Runden im Main. Er freute sich jetzt auf seine abendliche Futterration und auf sein Körbchen. Eine knappe Viertelstunde später bog Rottmann in die Rosengasse ein. Schon von Weitem konnte er das Licht in Elviras Wohnzimmer erkennen. Der flimmernde Wechsel der Farbtöne, die durch die Fenster drangen, sagte ihm, sie saß noch vor dem Fernseher. Wahrscheinlich lief eine ihrer beliebten Krimiserien. Rottmann stöhnte leise. Im Stillen hatte er gehofft, der Kelch würde an ihm vorübergehen. Mist! Er näherte sich dem Klingelschild.

Plötzlich begann Öchsle, der normalerweise immer freudig wedelte, wenn ein Besuch bei Elvira angesagt war, leise zu knurren. Rottmann, der die Hausflurbeleuchtung von außen betätigte, drehte sich um. Er war vom Lichtschein etwas geblendet und konnte nichts erkennen, was die Wachsamkeit seines Hundes ausgelöst hatte.

„Ist doch nichts!", brummelte Rottmann. „Bist wohl sauer, weil wir nicht gleich heim zum Futternapf gehen." Er lachte leise. „Elvira hat bestimmt ein Wienerchen für dich."

In diesem Augenblick krächzte das Mikrofon der Sprechanlage und Elviras Stimme fragte: „Ja, wer ist da bitte?"

„Ähhh, Elvira, ... hier ist Erich. T'schuldige die späte Störung, aber ich müsste noch was mit Dir bereden ... wenn das möglich ist ... oder schläfst Du schon?"

Sie lachte verhalten. „Glaubst Du, dass ich schlafwandle? Komm rein!"

Ehe Rottmann noch etwas sagen konnte, unterbrach sie die Verbindung, stattdessen ertönte der Türöffner.

„Schicksal, nimm Deinen Lauf", murmelte Rottmann, drückte auf und ließ Öchsle den Vortritt. Der Rüde war aufgrund seines Vierpfotenantriebs sowieso schneller als er.

Nachdem die Haustür wieder zugefallen war, stiegen aus einem in einer Seitengasse geparkten Fahrzeug zwei Männer. Das Knurren des Hundes hatten sie durch die offenen Scheiben gehört. Sie befürchteten schon, das Tier würde sie verraten. Dieser Erich Rottmann reagierte aber zum Glück nicht auf die Warnung. Nachdem sie die Örtlichkeiten in der Rosengasse näher studiert hatten, parkten sie nicht am Main, sondern stellten sich mit dem Wagen in eine Seitengasse. Sie studierten das Klingelschild, dann gingen sie zum Nebenhaus und taten dort das gleiche. Der Mann und die Frau schienen jeweils im obersten Stock ihrer Häuser zu wohnen. In der Wohnung von Elvira Stark brannte noch Licht. Rottmann besuchte sie in der Nacht, was eindeutig für eine nähere Beziehung sprach. Vielleicht übernachtete er auch bei ihr. Was dann für eine enge Beziehung sprach. Eine Erkenntnis, die man nutzen konnte.

„Wir warten hier eine Weile ab, ob er das Haus wieder verlässt", erklärte der Konsul. „Wenn wir schon hier sind, können wir auch gleich mit ihm reden."

Der Konsul winkte seinem Fahrer zu, ihm zu folgen. Wenig später saßen sie wieder in ihrem Auto.

Wie Rottmann vermutete, saß Elvira Stark im Bademantel vor dem Fernseher und zog sich gerade noch einen Krimi rein. Als Rottmann das Wohnzimmer betrat, kam gerade aus dem Lautsprecher das wilde Geballere eines heftigen Schusswechsels. Sie griff zur Fernbedienung und stellte den Fernseher aus. Öchsle schwänzelte um sie herum und stieß Elvira etwas aufdringlich mit der Schnauze an. Sie erhob sich wieder.

„Erich, setz Dich, ich will nur schnell zum Kühlschrank und Deinem hungrigen Vierbeiner eine Wurst geben."

Wurst und Leberkäs waren Schlüsselwörter, die Öchsle hervorragend verstand und die bei ihm die Geschmacksnerven aktivierten. Mit wenigen Sprüngen war er Elvira zur Küche vorausgeeilt. Er wusste genau, wo der Kühlschrank stand. Während der Rüde sein Wienerchen kaute, ließ sie sich wieder gegenüber Rottmann nieder.

„Erich, was ist los, dass Du noch so spät mit mir reden musst?"

„Also, … was soll ich sagen …" Vorhin, vor der Tür, war er noch wild entschlossen gewesen, die Sache hinter sich zu bringen. Jetzt aber, von Angesicht zu Angesicht, geriet er leicht ins Stottern.

„Jetzt sag's halt schon …", forderte sie ihn etwas angespannt auf. Um diese Uhrzeit war Geduld nicht ihre stärkste Eigenschaft.

„Also, rund heraus, Elvira, … ähhh …, gewissermaßen, frisch von der Leber weg …, Bürgermeister Farmer hat mich vom Stammtisch weggeholt und mit mir ein Gespräch geführt …"

Elvira Stark zog die Stirn in Falten und machte eine abwehrende Handbewegung. „Du musst gar nicht mehr weiterreden. Ich kann mir schon denken, was jetzt kommt!"

Erich Rottmann rutschte nervös auf dem Polster herum. „Jetzt sei halt nicht gleich sauer. Ich musste ihm versprechen, noch einmal mir Dir über die Sache zu reden. … dabei habe ich ihm aber gleich gesagt, überreden werde ich Dich nicht!"

„Das kannst Du auch gar nicht!", gab sie verärgert zurück.

Rottmann hob ergeben beide Hände. „Ich kann ja auch nicht verstehen, wieso dieser Ölprinz so vernarrt darauf ist, Dich kennenzulernen …"

Elvira Stark ließ Rottmanns Bemerkung kurz einwirken, dann richtete sie sich wie eine stoßbereite Kobra auf und zischte: „Willst Du damit vielleicht andeuten, ich sei es nicht wert, dass man mich kennenlernen will? Rottmann überlege Dir, was Du sagst!" Ihr Blicke schossen Pfeile.

Durch eine gewisse alkoholbedingte Denkträgheit bemerkte der Exkommissar seinen Fauxpas erst, als er schon mitten im Fettnapf drinstand.

„Liebe Elvira …", versuchte er zurückzurudern, „Du darfst mich um Gotteswillen nicht falsch verstehen! Eine Bekanntschaft mit Dir ist natürlich immer eine Bereicherung!" Er sah sie treuherzig an. „Aber findest Du nicht auch, es ist reichlich ungewöhnlich, wenn so ein stinkreicher Scheich, der ja überall in der Welt herumkommt, nur anhand eines Bildes eine Frau aussucht und von ihrer Bekanntschaft eine riesige Investition abhängig macht." Der Satz war so lang und kompliziert, dass Rottmann erst einmal tief Luft holen musste.

Elvira Stark beruhigte sich wieder. Sie kannte Rottmann ja und wusste, sein rhetorisches Geschick war mit ein paar Schoppen eher etwas eingeschränkt.

„Du hast natürlich nicht unrecht", lenkte sie ein. „Das ist auch der Grund, weswegen ich der ganzen Sache sehr skeptisch gegenüberstehe. Ich habe wirklich keine Lust, als unterfränkische Trophäe im Harem eines Ölscheichs zu landen! Der Stadt stehen doch alle möglichen weiblichen Gästeführerinnen zur Verfügung, die diesem Prinzen die Sehenswürdigkeiten zeigen können."

„Er will aber Dich!", gab Rottmann zurück, bemüht, nicht durch einen ungeschickten Nebensatz wieder ihren Zorn zu erwecken. „Wenn ich ehrlich bin, ganz persönlich kann ich das ja auch verstehen." Er brachte ein zurückhaltendes Lächeln zustande. „Was passiert denn, wenn Du Dich erst mal auf den Deal einlässt? … Wenn Du möchtest, werden Öchsle und ich immer in Deiner Nähe sein und auf Dich aufpassen." Der letzte Satz war ihm einfach so rausgerutscht. Ohne große vorherige Überlegung.

„Da muss ich noch einmal drüber schlafen", erwiderte Elvira nach kurzem Zögern. „Wenn die Stadt auch Dich mit einstellen würde, gewissermaßen als meinen Leibwächter, könnte ich mir die Sache vielleicht überlegen." Sie lehnte sich zurück und streichelte Öchsle über den Kopf.

Schwupps und schon war die Falle zu! Am liebsten hätte sich Rottmann auf die Zunge gebissen, weil er so vorschnell Versprechungen gemacht hatte. „Ich schlage vor, Du sprichst morgen noch einmal mit Andy Farmer. Wenn er diesem Kompromiss zustimmt, kannst Du Dich doch auf die Sache einlassen." Er erhob sich etwas schwerfällig. „So, jetzt muss ich aber los."

Elvira erhob sich ebenfalls, ihr saß schon wieder der Schalk im Nacken. „Erich, wenn Du den Weg nicht mehr auf Dich nehmen willst, kannst Du gerne auch hier übernachten."

Sofort schoss bei Rottmann Adrenalin ein und er war wieder hellwach. „Ähhh …, Elvira, … ähhh …, das ist wirklich sehr nett von Dir, … aber Öchsle muss noch gefüttert werden und …"

Sie lachte. „Ist schon gut, Erich. Schlaft gut, Ihr zwei. Ich rufe Dich morgen früh an und sage Dir, wie ich mich entschieden habe."

Sie brachte Herr und Hund zur Tür. Im Treppenhaus schickte Rottmann ein Stoßgebet zum Hl. Veit von Staffelstein, dass Farmer die Sache mit dem Bodyguard für Schwachsinn halten würde. Einen Augenblick später marschierte er in Richtung seiner Haustür. Gerade zog er den Schlüsselbund aus der Tasche, als Öchsle schon wieder zu knurren begann.

„Was ist denn heute Abend mit Dir los?", brummelte Rottmann. „Es gibt ja jetzt gleich Futter. Außerdem hast Du doch gerade erst bei Elvira ein Würstchen geschnorrt …"

In diesem Augenblick verspürte er am Hinterkopf ein merkwürdiges Kribbeln. Rottmann kannte dieses Gefühl. Es hatte ihn während seiner aktiven beruflichen Zeit mehr als einmal vor Gefahren gewarnt. Langsam drehte er sich um. Aus dem Schatten einer Seitenstraße lösten sich die Umrisse zweier dunkel gekleideter Männer. Öchsles Knurren wurde tiefer und bedrohlicher! Beide blieben stehen. Der vordere Mann hob beide Hände, offenbar um seine friedliche Absicht zu demonstrieren.

Rottmann beugte sich herab und legte dem Rüden seine Hand beruhigend auf den Kopf. Öchsle verstummte, seine Körperhaltung blieb aber angespannt.

„Entschuldigen Sie bitte vielmals diesen nächtlichen Überfall. Sie sind doch Herr Erich Rottmann?"

Rottmann musterte die beiden Gestalten mit zusammengekniffenen Augen, dann fragte er schroff: „Wer will das wissen?" Seine Müdigkeit war völlig verfolgen.

„Mein Name ist Ibrahim Abdel Wahab", erklärte er, dann wies er mit dem Daumen nach hinten. „Das ist Achmed, mein ... Fahrer."

Rottmann war das leichte Zögern bei seiner letzten Erklärung nicht entgangen.

„Also, was wollen Sie von mir. Es ist schon spät und Ihnen ist doch wohl auch klar, dass die Umstände dieser Begegnung mir, gelinde gesagt, merkwürdig erscheinen."

Abdel Wahab wollte ein Stück nähertreten, doch Öchsle begann sofort wieder zu knurren.

„Das ist nahe genug", erklärte Rottmann. Der Fremde blieb sofort stehen. Sein Begleiter hielt sich weiterhin demonstrativ im Hintergrund, wirkte aber wachsam.

„Herr Rottmann, ich bin Konsul der Botschaft von Baramutha. Hier mein Ausweis." Aus der Brusttasche seines Jacketts holte er eine kleine Ledermappe, klappte sie auf und hielt sie Rottmann entgegen. Der warf einen kurzen Blick darauf. Im düsteren Licht einer etwas entfernt stehenden Straßenlaterne konnte er außer einem Foto und einer Reihe von Stempeln und arabischen Schriftzeichen nichts erkennen.

„Aha", gab Rottmann gereizt zurück, „interessant, aber was habe ich mit Brahmaputra zu tun? Noch dazu überfallartig, mitten in der Nacht, hier auf der Gasse?"

„Ich komme von der Botschaft von Baramutha", verbesserte

der Konsul. „Das ist ein kleines Inselkönigreich in der Nähe von Bahrein."

„Mir auch recht", grantelte Rottmann, „es wäre schön, wenn Sie jetzt auf den Punkt kämen. Ich bin wirklich verdammt müde!"

Achmed machte einen Schritt nach vorne und stieß einige Worte in seiner Landessprache hervor. Der Konsul gab eine scharfe Antwort und der Mann verfiel wieder in Schweigen.

„Ich gebe zu, unsere Kontaktaufnahme mit Ihnen ist etwas unkonventionell, aber wir befinden uns hier gewissermaßen in geheimer Mission und meiden die Öffentlichkeit. Ich wäre Ihnen trotzdem dankbar, wenn Sie mir ein paar Minuten schenken würden." Als Rottmann nicht reagierte, fasste er das Schweigen als Zustimmung auf. „Die Presse dieser Stadt hat ja bereits darüber berichtet, dass Seine Königliche Hoheit, Prinz Faisal bin Yusuf 'Asada Aljabal, von den Stadtvätern eingeladen wurde, Würzburg zu besuchen. Er möchte sich als Wohltäter zeigen und ein großes Projekt der Stadt mit erheblichen Mitteln fördern." Er machte eine Kunstpause, um die Bedeutung seiner Aussage hervorzuheben.

„Ich habe davon gehört", erwiderte Rottmann, „und was habe ich damit zu tun?"

„... nun, SKH ist ein sehr vermögender und in seinem Land bedeutender Mann und gewohnt, seine Wünsche erfüllt zu sehen."

„Schön für ihn", gab Rottmann gereizt zurück, „aber ich verstehe immer noch nicht, was Sie von mir wollen. Entweder Sie sagen jetzt endlich, was Sache ist oder ich gehe und lege mich ins Bett!"

„Der Prinz hat an den Besuch Ihrer Stadt eine Bedingung geknüpft!", erklärte der Konsul plötzlich ohne Umschweife. „Er wird nur kommen, wenn ihre ..., also ..., wenn Frau

Elvira Stark ihm für die Dauer seines Aufenthalts zur Verfügung steht!" Er wies nach oben zu Elviras Wohnung, wo noch immer Licht brannte. „Ich habe den Auftrag, die Erfüllung dieses Wunsches SKH sicherzustellen. Dazu müssen Sie wissen, der Wunsch eines Mitglieds unseres Königshauses ist für uns Befehl! Nur damit Sie verstehen können, dass diese Bedingung nicht verhandelbar ist."

„Jetzt reichts mir aber!", wurde Rottmann plötzlich laut. „Sie kommen daher, überfallen mich und erzählen mir was von Ihrem Scheich, der ohne Elvira offenbar keine Geschäfte abschließen kann. Sie ist eine unabhängige Frau, die selbst entscheidet, was sie will und was nicht. Wenn Sie keine Lust hat, mit ihrem Prinzen zu sprechen, dann ist das halt so. Gute Nacht!" Rottmann drehte sich zum Hauseingang um und zog den Schlüssel aus der Tasche.

„Stopp!" Es war die harte, stark akzentuierte Stimme des anderen Mannes, die Rottmann verharren ließ. „Bleiben Sie bitte stehen und hören Sie zu." Obwohl dieser Achmed höflich blieb, hatten seine Worte einen Unterton, den der Exkommissar als bedrohlich empfand. Langsam drehte Rottmann sich wieder um. Öchsle spürte die Spannung in der Luft und stellte alle Nackenhaare. „Sei brav", ermahnte ihn der Exkommissar, ging in die Hocke und nahm den Rüden sicherheitshalber in den Arm.

Der Konsul ergriff wieder das Wort: „Nehmen Sie es Achmed nicht übel, er ist Soldat und gewohnt, mir Respekt zu verschaffen." Ein Wink von ihm ließ Achmed wieder einen Schritt zurücktreten. „Herr Rottmann, ich werde Sie nicht mehr lange aufhalten. Ihr Oberbürgermeister hat mir versichert, die Erfüllung des Wunsches SKH sei kein Problem. Jetzt zieht sich die Angelegenheit aber unerfreulich hin, offenbar weil Frau Stark nicht bereit ist, den Wünschen des Prinzen zu entsprechen. In den nächsten beiden Tagen muss ich SKH Vollzug melden, weil er seine Reise hierher planen will. Versage ich, werde ich von meinem Posten entfernt und muss zurück in die Heimat. Glauben Sie mir, es ist nicht erstrebenswert, als Versager nach Baramutha zurückgeschickt zu werden." Er pausierte kurz, dann fuhr er fort: „In meinem Land haben die Väter und die Ehemänner das Sagen. Sie treffen die Entscheidungen. Frauen schulden ihnen Gehorsam. Wie ich hörte, sind Sie mit Frau Stark liiert, nach hiesigen Maßstäben gewissermaßen so etwas wie ihr Mann. Ich möchte Sie daher sehr bitten, der Dame nachdrücklich etwas Kooperationsbereitschaft nahezulegen. Sollten Sie Unterstützung benötigen, ich kann Ihnen Achmed gerne zur Verfügung stellen. Er kann sehr überzeugend sein ...“

Als der Konsul den Gehorsam arabischer Frauen gegenüber ihren Vätern und Männern erwähnte, hätte Rottmann am liebsten laut aufgelacht. Gott, in welcher Welt lebte der Mann? Elvira Stark als gehorsame Dienerin eines Mannes! Etwas Absurderes konnte er sich auf dieser Welt gar nicht vorstellen! Da würde auch ein Achmed auf Granit stoßen.

Da Rottmann nicht sofort reagierte, atmete der Konsul tief durch, dann versuchte er einen anderen Weg: „Bei uns ist es üblich, dass Männer, die an einer Frau interessiert sind, ihren Vätern einen Brautpreis anbieten. Ich weiß, das passt jetzt nicht auf die aktuelle Situation, da der Prinz bis jetzt keine Heiratsabsichten gegenüber Frau Stark geäußert hat und wahrscheinlich auch nicht äußern wird. Aber trotzdem wäre ich bereit, Ihnen eine großzügige Abfindung zu leisten, wenn Frau Stark sich bezüglich eines Arrangements einverstanden erklären würde. Bei uns wird eine solche Leistung in Kamelen erbracht. Sagen Sie mir einen Preis, wir werden uns sicher einigen.“

Erich Rottmann war einfach sprachlos! Dem Mann musste das Wasser bis zum Hals stehen, sonst würde er nicht solche Angebote machen. Das musste man sich einmal vorstellen! Der Wert von Elvira Stark in Kamelen berechnet! Auf keinen Fall durfte sie davon erfahren, ein Vulkan würde ausbrechen!

Rottmann ließ sich seine Betroffenheit nicht anmerken. „Ich glaube, ich habe Ihr Problem verstanden", erklärte er. „Sie wissen aber sicher genau, dass deutsche Frauen ganz anders reagieren, wie die Damen in ihrem Land. Unterfränkinnen lassen sich schon zweimal nichts vorschreiben und Elvira Stark ist der Prototyp einer Unterfränkin. Druck in irgendeiner Form würde genau das Gegenteil dessen erreichen, was Sie sich da vorstellen … und da hilft Ihnen auch die grimmige Miene Ihres Fahrers oder eine ganze Kamelherde nichts. Glauben Sie mir, ich kenne Frau Stark genau … obwohl ich weder mit ihr liiert, noch ihr Vater bin."

Er erhob sich und sah den Konsul direkt an. „Sie hätten sich die ganze Nachtvorstellung hier ersparen können, weil ich gerade eben, auf Bitten unseres zweiten Bürgermeisters, mit Frau Stark über die Problematik ausführlich gesprochen habe. Ich gehe davon aus, morgen wird sie dem Oberbürgermeister eine Zusage geben." Nach kurzer Überlegung fuhr er fort: „Allerdings werden Sie sich damit abfinden müssen, meine Person als ständigen Begleiter von Frau Stark zu akzeptieren. Das ist nämlich ihre Bedingung. Nicht verhandelbar!", betonte er nachdrücklich. „So, und jetzt gehe ich schlafen. Ich wünsche Ihnen und diesem finsteren Herrn hinter Ihnen eine gute Nacht."

Rottmann wartete keine Antwort ab. Er drehte sich wieder um und steckte den Schlüssel ins Schloss.

Achmed machte einen Schritt nach vorne, doch der Konsul legte ihm die Hand auf den Arm und hielt ihn so zurück. Er hatte sich entschieden, der Aussage dieses Mannes zu glauben. „Wir fahren ins Hotel", erklärte er. Beide stiegen in ihren Wagen.

Erich Rottmann betrat unbehelligt das Haus. Wenig später schlabberte Öchsle genüsslich seine Abendration. Während der Exkommissar seine Zähne putzte, marschierte durch seine Fantasie eine ganze Kamelherde.

Von den Aktivitäten auf der Gasse vor ihrem Haus bekam Elvira nichts mit. Sie griff sich die Fernbedienung und schaltete das Programm wieder ein. Der Krimi, den sie vor Rottmanns Besuch begonnen hatte, war mittlerweile zu Ende. Während sie sich bettfertig machte, ging ihr das Gespräch mit Rottmann nicht aus dem Kopf. Es war schon sehr skurril, dass ein arabischer Prinz darauf bestand, sie kennenzulernen und dies zur Bedingung für ein lukratives Geschäft machte. Elvira mangelte es gewiss nicht an Selbstbewusstsein, aber sie war sich sicher, dass es in Würzburg viele Frauen gab, die einem orientalischen Schönheitsideal wesentlich deutlicher entsprachen als sie. Es war fast zwei Uhr, als sie sich ins Bett legte. Morgen früh würde sie Andy Farmer anrufen, um ihm eine Zusage zu geben.

Am achtundzwanzigsten Juli ging in der zentralen Poststelle des Würzburger Rathauses ein direkt an den Herrn Oberbürgermeister der Stadt Würzburg gerichteter Brief ein. Der aus anspruchsvollem, geschöpftem Papier bestehende Umschlag zeigte als Absender: *Der Botschafter Seiner Majestät des Königs von Baramutha.* Der Brief wurde ungeöffnet mit einem Eingangsstempel versehen und dann sofort an das Vorzimmer des Oberbürgermeisters weitergeleitet, wo ihn Sabrina Schmätzle-Eifrig entgegennahm. Da der OB gerade bei der Einweihung von zehn Meter neuer Fußgängerzone war, ließ sie den Brief auf ihrem Schreibtisch liegen. Sie selbst hatte ja vor einigen Tagen den vom OB diktierten Brief an den Botschafter von Baramutha geschrieben. Sie war sich sicher, hier vor ihr lag die Antwort. Antworten auf viele Fragen, die auch sie betrafen. Der Oberbürgermeister wusste natürlich noch nichts von ihren Karriereträumen als Schauspielerin. Sie würde ihm das schon noch in einem geeigneten Moment beibringen. Zu guter Letzt war auch Frau Stark der Stadt entgegengekommen und erklärte sich bereit, der königlichen Hoheit als Begleiterin zur Verfügung zu stehen. Sie selbst konnte sich zwar nicht erklären, warum der Prinz so einen Narren an der Frau gefunden hatte, aber die Geschmäcker der Menschen sind ja bekanntlich unterschiedlich.

Eine halbe Stunde später klopfte es an ihre Tür und der Oberbürgermeister kam herein. Immer, wenn er außer Haus gewesen war, betrat er sein Büro über sein Vorzimmer. Dann konnte seine Sekretärin ihn gleich updaten.

„Sabrina, war was los?" Er sprach sie mit ihrem Einverständnis mit Vornamen und Sie an, weil ihm Frau Schmätzle-Eifrig einfach zu umständlich war.

Sie erhob sich, packte den Brief und hielt ihn ihrem Chef hin. „Wie es aussieht, ist das die Antwort auf Ihr Schreiben an die Botschaft in Berlin."

„Ah, das ging aber schnell", erwiderte er erfreut, schnappte sich das Schreiben, griff sich den Brieföffner auf dem Schreibtisch seiner Sekretärin und schlitzte das Kuvert an Ort und Stelle auf. Etwas ungeduldig zog er das gefaltete Blatt heraus und las.

„Ja!", stieß er freudig aus, stieß die geballte Faust in die Luft und las laut auszugsweise: „Seine Königliche Hoheit, Prinz Faisal usw. usw., freut sich, am 15. August unsere Stadt zu besuchen. Weitere organisatorische Einzelheiten wird die Botschaft mit uns besprechen etc. etc." Er ließ das Blatt sinken. „Sabrina, Sie werden sehen, der nächste Schritt zu einer großen Weiterentwicklung unserer Stadt ist getan." Eilig verschwand er in seinem Büro. Bis zum 15. August waren es nur noch knapp drei Wochen. Da gab es noch einiges zu tun. Schluckthardt griff zum Telefon und bat den zweiten Bürgermeister und seinen Pressereferenten zu sich.

Wenig später klopfte es kräftig an ihre Tür und Bürgermeister Farmer sowie Korbinian Schwarz marschierten herein.

„Er erwartet uns", erklärte Farmer knapp, „Du musst uns nicht anmelden."

„Ja, gehen Sie nur durch. – Möchte einer der Herren vielleicht einen Kaffee?"

Andy Farmer winkte nur ab, er hatte bereits die Verbindungstür zum Büro des Oberbürgermeisters geöffnet. Korbinian Schwarz hingegen nickte ihr freundlich zu: „Gegen ein Tässchen wäre nichts einzuwenden. Vielen Dank."

Nachdem sie den Kaffee serviert hatte, schnappte sie sich ihr Handy, verließ ihr Dienstzimmer und schloss ab. Sie konnte diese Neuigkeit nicht länger für sich behalten. In einer der Kabinen der Damentoilette war sie ungestört. Schnell schrieb sie an Schöpf-Kelle eine WhatsApp-Nachricht, in der sie ihn über die jüngsten Entwicklungen, einschließlich des Besuchstermins, informierte. Anschließend eilte sie in ihr Büro zurück. Den Rest ihrer Dienstzeit verbrachte sie mit Tagträumen.

Elvira Stark erfuhr von der Zusage der Botschaft noch am selben Tag nach ihrem Dienstantritt durch Pressesprecher Schwarz. Sie musste sich eingestehen, jetzt, nachdem die Sache ernst wurde, wurde sie ziemlich aufgeregt. Andy Farmer hatte ihr zwar höchstpersönlich bei Unterzeichnung ihres

„Beratervertrags", wie die Stadt die Vereinbarung mit ihr nannte, versichert, es sei alles in die Wege geleitet, sie vor irgendwelchen Belästigungen zu schützen. Richtig beruhigte sie sich allerdings erst, als Farmer ihr erklärte, die Stadt sei damit einverstanden gewesen, ihrem Wunsch entsprechend, ihr Erich Rottmann als Begleiter zur Seite zu stellen.

Der Exkommissar erfuhr von den neuesten Entwicklungen von Elvira Stark durch eine Nachricht auf seiner Mailbox. Auf dem Heimweg vom Stammtisch hörte er sie ab. Während Rottmann und Öchsle so vor sich hin trotteten, zog er nachdenklich an seiner Pfeife. Jetzt, da die Sache konkret wurde, machte er sich so seine Gedanken darüber, wie er seinen Einsatz umsetzen sollte.

A m 15. August, dem Anreisetag Seiner königlichen Hoheit Prinz Faisal bin Yusuf 'Asada Aljabal, wurde der *Flughafen Schenkenturm* am späten Nachmittag für den normalen Betrieb für zwei Stunden gesperrt. Die Flugsicherung erwartete um 15.00 Uhr die Ankunft von zwei leistungsfähigen Großraumhelikoptern, Typ *Bell 206 Long Ranger*, aus Frankfurt am Main, in denen der Prinz und die zwölf Personen Entourage nebst Gepäck bequem Platz fanden. Dem vorausgegangen war deren Flug von *Bahrain International Airport* mit einem privaten Learjet nach Frankfurt/Main.

Die Bewohner der Mainmetropole stöhnten unter 38,5 Grad im Schatten. Vermutlich gerade das richtige Wetter für die sonnengewohnten Gäste aus der Wüstenregion.

Zum Empfang des Prinzen fanden sich der Oberbürgermeister, der zweite Bürgermeister und der Pressesprecher mit einem Dienstwagen ein. Die beiden Bürgermeister trugen zu Ehren des Gastes ihre Amtsketten. Es gab im Vorfeld einige Diskussionen, ob man zur Begrüßung am Flughafen auch gleich Elvira Stark mitnehmen sollte, entschied sich dann jedoch dafür, das erste Zusammentreffen beim anschließenden Empfang im Rathaus zu arrangieren. Nicht zuletzt deshalb, weil Elvira Stark darauf bestanden hatte, Erich Rottmann überall als Begleiter mit hinzunehmen. Im Rathaus war es einfacher, den Exkommissar mit seinem Hund im Hintergrund zu halten. Für alle Beteiligten war klar, Erich Rottmann würde ohne Öchsle keinen Schritt machen.

Ebenfalls anwesend waren der Konsul Ibrahim Abdel Wahab, der, wie er erklärte, auch als Dolmetscher fungieren würde, sowie sein Sekretär Omar und Achmed mit zwei weiteren Soldaten aus der Botschaft. Sie saßen am Steuer der beiden Stretchlimousinen, die der Konsul beim *VIP Limousinen Service Promilleline* in Versbach für die Dauer des Aufenthaltes des Prinzen gebucht hatte. Zwei Kleinbusse des Schlosshotels Steinburg standen bereit, um die Begleitung des Prinzen und das Gepäck zum Hotel zu transportieren.

Etwas abseits der Limousinen parkten ein Pkw und zwei VW-Busse. Auf einem der Wagen war auf der Seitentür das Logo von *TV-Mainfranken* zu erkennen. Eine Reporterin und ein Kameramann standen bereit, um das Ereignis in Bildern festzuhalten. Der zweite weiß-blaue VW-Bus trug die Aufschrift *Bayerischer Rundfunk – Fernsehen –*. Auch hier machte sich ein Kameramann fertig. In dem Pkw saßen zwei Personen. Es handelte sich dabei um einen neutralen Geschäftswagen der Mainpostille. Schöpf-Kelle sollte die Ankunft des Prinzen fotografieren und einen Artikel darüber verfassen. Der zweite Mann im Fahrzeug hatte allerdings mit der Zeitung nichts zu schaffen. Es handelte sich um Rainer Proksch, den Kameramann von *Radiotelevision Rimpar-HD*, den Schöpf-Kelle ohne Wissen der Zeitungsredaktion mitgebracht hatte, damit der mit der Filmkamera ebenfalls einige Bilder schoss.

Material, das man dann später im DADORD WÜRZBURCH verarbeiten würde.

Der Konsul trat nervös von einem Fuß auf den anderen. Die Organisation des Besuches des Prinzen war für ihn eine wichtige Bewährungsprobe. Er beugte sich zu dem neben ihm stehenden Oberbürgermeister hinüber.

„… und Frau Stark wird beim Empfang im Rathaus sicher dabei sein? Haben Sie ihr die Kleidung zukommen lassen, die sie bei dieser Gelegenheit tragen soll?"

Der Konsul hatte einige Tage vor Ankunft des Prinzen im Rathaus ein Paket mit diversen Kleidungsstücken abgegeben, wie sie in den Emiraten von Frauen üblicherweise getragen wurden. OB Schluckthardt versuchte ihn zu beruhigen.

„Keine Sorge, es ist alles arrangiert. Sie können Frau Stark dem Prinzen gleich beim Empfang im Rathaus vorstellen. Ob sie allerdings die Kleiderordnung beachtet, die Sie wünschen, vermag ich nicht zu sagen."

Der Konsul legte seine Stirn in sorgenvolle Falten. Warum musste sich der Prinz auch ausgerechnet eine derart eigenständige Frau aussuchen! Seine Gedankengänge wurden unterbrochen. Pünktlich auf die Minute hörte man die näherkommenden Rotoren zweier Hubschrauber. Wenig später kamen sie in Sicht. Die Verantwortlichen des Flugplatzes hatten mit Markierfarbe im richtigen Abstand zueinander zwei kreisrunde Landezonen in das Gras des Platzes gesprüht. In deren Zentrum waren zwei überdimensionale H zu sehen, die den Piloten die exakten Aufsetzpunkte zeigten. Das Empfangskomitee wartete mit den Fahrzeugen in respektvoller Entfernung. Nun schwebten die beiden beeindruckenden Maschinen über ihrer jeweiligen Landezone und sanken parallel in einer Art modernem *Pas de deux* auf den Platz herunter. Als sie schließlich weich aufsetzten, begannen die Anwesenden spontan zu applaudieren. Es dauerte etwas, ehe die Rotoren zum Stillstand kamen und von innen die Klapptreppen an der Seite der Helikopter fast zeitgleich heruntergelassen wurden. Jeweils eine Stewardess in einem neutralen blauen Kostüm kam die Treppe herunter und betrat den Rasen. Sie blieb neben den Stufen stehen und blickte ins Innere des Heli. Der Konsul machte einige hektische Handbewegungen in Richtung der Limousinen. Sofort stürzten die Fahrer vor und rollten einen kurzen roten Teppich vor der Treppe des ersten Heli aus. Dann nahmen sie neben dem Teppich Haltung an.

„Seine Königliche Hoheit wird zuerst die Maschine verlassen", erklärte der Konsul, der in der Nähe des Oberbürgermeisters stand, sichtlich angespannt. „In dem anderen Helikopter befinden sich die Frauen des Prinzen und das Personal. Sie werden erst später aussteigen." Auf ein Handzeichen des Konsuls bewegten sich der Oberbürgermeister und er einige Schritte nach vorne, bis sie am Ende des roten Teppichs stehen blieben. Abdel Wahab hatte dem OB erklärt, er könne dem Prinzen die Hand schütteln, wenn SKH ihm seine entgegenstrecken würde. Der zweite Bürgermeister könne sich dann anschließen. Der Pressesprecher möge sich diesbezüglich im Hintergrund halten. Eine höfliche Verneigung sei für ihn angemessen und ausreichend.

Plötzlich entstand in der Türöffnung des Helikopters eine Bewegung und eine eher rundliche, untersetzte, männliche Gestalt im weißen Anzug betrat die Treppe und blieb einen Augenblick dort stehen. Auf dem Kopf trug der Mann eine weiße Ghutra, ein viereckiges Tuch, das von einer Art Kordel auf dem Kopf gehalten wurde. Seine Haare wurden dadurch verdeckt. Sein Teint war tief sonnengebräunt und wurde von einem kurzen, weißen Vollbart umrahmt. Seine Augen schützte er durch eine dunkle Sonnenbrille, die er jetzt aber in die Brusttasche seines Anzugjacketts steckte. Nachdem er die Szenerie rund um die Helikopter zur Kenntnis genommen hatte, lächelte er leicht und begann mit kurzen Schritten die Treppe herunterzukommen. Als sein Fuß den roten Läufer berührte, trat der Konsul nach vorne und verkündete laut mit einer Verneigung: „Seine königliche Hoheit, Prinz Faisal bin Yusuf 'Asada Aljabal."

Daraufhin traten OB Schluckthardt und Andy Farmer, ebenfalls lächelnd, zwei Schritte näher und deuteten eine leichte Verbeugung an. Der Konsul stellte sie dem Prinzen vor: „Hoheit, Ihre Exzellenzen, der Oberbürgermeister von Würzburg, Christian Schluckthardt, sowie Andy Farmer, der zweite Bürgermeister dieser Stadt."

Der Prinz streckte dem OB seine Hand entgegen, die Schluckthardt ergriff und schüttelte. „Königliche Hoheit, es ist mir eine Ehre, Sie im Namen der Stadt Würzburg sehr herzlich begrüßen zu dürfen. Ich hoffe, Sie werden einen angenehmen, erfolgreichen Aufenthalt haben." Der Konsul übersetzte.

Der Prinz entgegnete auf Arabisch, worauf der Konsul wiederum dolmetschte: „SKH ist beglückt, hier in dieser schönen Stadt zu Gast sein zu dürfen. Er hat sich auf dem Herflug aus der Luft einen Eindruck von Würzburg machen können und freut sich darüber, dass Allah die Menschen dieser Stadt offenbar gesegnet hat, da sie dank des Flusses sicher immer genug Wasser zur Verfügung hätten."

Da die Pressevertreter lautstark darum baten, der Gast und die Vertreter der Stadt möchten für einige Aufnahmen posieren, entsprachen sie dem Wunsch und stellten sich zu einem Gruppenfoto zusammen. Daraufhin zogen sich die Vertreter der Medien auf Wunsch des Konsuls wieder auf Höhe ihrer Fahrzeuge zurück.

Bei der Vorbereitung des Besuchs des Gastes hatte das Rathaus mit dem Konsul nach der Ankunft einen kleinen Empfang im Rathaus arrangiert. Dies teilte Konsul Abdel Wahab dem Prinzen nun mit, der das Protokoll natürlich kannte, sich aber trotzdem freundlich dafür bedankte. Während sie diese Begrüßungsworte austauschten, stiegen mehrere Männer in landesüblicher Bekleidung ihrer Heimat aus dem zweiten Helikopter und beobachteten die Abfahrt ihres Herren. Der Konsul erklärte den beiden Bürgermeistern, dass es sich um Leibwächter der Ehefrauen handelt. Im Gürtel trugen sie sichtbar Krummdolche.

Vereinbarungsgemäß wurden die drei Frauen des Prinzen und die übrige Entourage gleich zum Hotel gefahren, während OB Schluckthardt, Andy Farmer und der Konsul im Wagen des Prinzen zum Grafeneckart fahren sollten. Omar, der Sekretär des Konsuls, würde die Damen zum Hotel begleiten, um als Übersetzer zu fungieren. Pressesprecher Schwarz sollte den Dienstwagen zurückbringen.

Bevor der Gast und die Gastgeber in die Limousine einstiegen, blieben sie für die Kameras nochmals kurz stehen. Kaum war der Prinz im Wagen, näherten sich zwei Wächter schnellen Schrittes den Pressevertretern. Omar erläuterte auf Deutsch, dass Aufnahmen von den Frauen unerwünscht seien. Alle fügten sich, packten zusammen und verließen das Flugfeld. Schöpf-Kelle gab seinem Kameramann einen Stoß.

„Mensch, Junge, hast Du das gesehen? Der Prinz ist ja ein alter Knacker! Was will der denn mit drei Frauen? – Jetzt mach mal langsam, vielleicht erwischt du noch ein paar Bilder von den Ladies. Das würde sich im Film sicher gut machen!"

Die beiden trödelten herum. Schöpf-Kelle würgte absichtlich zweimal den Motor des Wagens ab, sodass sie schließlich die letzten waren, die vom Flugfeld wegzuckelten. Die Wächter waren darüber ziemlich aufgebracht, schrien laut auf Arabisch und gestikulierten erregt herum. Die beiden Autoinsassen verstanden auch ohne Sprachkenntnisse, Koseworte waren das nicht!

„Jetzt lass uns schon abhauen!", rief der Kameramann besorgt, denn die Wut der Wächter war ihm nicht geheuer.

Schöpf-Kelle begann langsam zu beschleunigen, dabei warf er einen fragenden Blick zum Rücksitz, wo der Kameramann das Objektiv durch das Glas des rückwärtigen Fensters nach draußen richtete.

„Hast du die Frauen drauf?", wollte er wissen.

„Die beiden Kerle haben sich so blöd hingestellt, dass sie mir teilweise die Sicht versperrte haben, aber ein paar Sekunden könnten brauchbar sein."

Schöpf-Kelle gab endlich richtig Gas. Verwackelte Aufnahmen mit wütend gestikulierenden Wächtern würde diese Filmsequenz noch authentischer machen. Er musste sich jetzt aber erst mal an den Computer setzen und eine Story über die Ankunft des Investors für die Mainpostille schreiben, sonst bekam er Ärger. Bei dem jetzt im Rathaus stattfindenden Empfang war die Presse ja nicht zugelassen.

Die Limousine des Prinzen fuhr auf den Ehrenhof des Rathauses und kam quer zum Eingang zum Stillstand, exakt vor dem hier ebenfalls ausgerollten roten Teppich. Die sechs Fahnenmasten waren bestückt. Direkt links von der Tür wehte die Fahne des Königreichs Baramutha, rechts der unterfränkische Rechen. Danach folgten jeweils links die Europa- und die Deutschlandfahne. Auf der rechten Seite die Bayernfahne und nochmals die Deutschlandfahne. Beiderseits des Eingangs hatten sich fast alle Stadträte eingefunden, um den Gast zu begrüßen. Der Konsul richtete einige Worte an den Fahrer, der daraufhin ausstieg und OB Schluckthardt und Bürgermeister Farmer die dem Eingang abgewandte Tür aufhielt. Die beiden stiegen aus und nahmen Aufstellung auf dem roten Teppich, direkt am Eingang, vor der Front der Stadträte. Daraufhin eilte der Konsul auf die andere Seite und öffnete den Wagenschlag für den Prinzen. SKH stieg aus, richtete sein Jackett und schritt langsam über den roten Teppich den beiden Bürgermeistern entgegen, die ihn nochmals herzlich willkommen hießen. Er nickte grüßend nach beiden Seiten, worauf von den Stadträten herzlicher Applaus kam. Mit einer einladenden Handbewegung bat der Oberbürgermeister den Gast ins Rathaus und dort über eine breite Treppe ins nächste Stockwerk, wo die Türen des Wappensaals bereits weit geöffnet waren. Die dort üblicherweise stehenden Tische und Stühle waren weggeräumt und stattdessen ein Stehpult mit Mikrofonanlage aufgestellt worden. Der Konsul hielt sich dicht an der Seite des Prinzen, um dolmetschen zu können. Beim Eintritt in den Saal glitt sein Blick über die Menschen. Er suchte das Gesicht von Elvira Stark, konnte sie aber nicht entdecken. Die gesamte Korona der Stadträte folgte im angemessenen Abstand und stellte sich dann im Halbrund in einigem Abstand vor dem Rednerpult auf.

„Wo ist Frau Stark?!", flüsterte Abdel Wahab dem neben ihm stehenden Bürgermeister Farmer nervös zu. Auf seiner Stirn stand ein leichter Schweißfilm.

„Sie müsste eigentlich schon hier sein", gab Andy Farmer mit gleicher Lautstärke zurück. Innerlich fluchte er, hoffentlich hatte sie es sich nicht kurzfristig anders überlegt. Zuzutrauen wäre ihr es. „Sie kommt sicher gleich", versuchte er den Konsul zu beruhigen. Plötzlich entdeckte er in einer Ecke des Saals Öchsle, Rottmanns Hund. Das hätte er im Voraus sagen können: Rottmann würde sich nicht an das normalerweise im Rathaus bestehende Hundeverbot halten. Trotzdem fiel Farmer ein Stein vom Herzen. War der Rüde anwesend, konnte auch Rottmann nicht weit sein ... und damit auch Elvira Stark.

Der Oberbürgermeister begab sich hinter das Mikrofon.

„Königliche Hoheit, ich darf Sie nochmals recht herzlich hier im altehrwürdigen Wenzelsaal unserer Stadt willkommen heißen."

Pause. Der Konsul übersetzte.

„Wir, die Stadtväter von Würzburg, erhoffen uns von Ihrem Besuch eine innovative Unterstützung der Entwicklung unserer Stadt und eine gedeihliche Zusammenarbeit zu unser beider Nutzen."

Pause. Übersetzung.

„Lernen Sie Würzburg kennen und die Region und ihre Menschen schätzen. Wir wünschen Ihnen einen schönen Aufenthalt und uns gemeinsam fruchtbare Übereinkünfte für unser großes Projekt. Salam aleikum."

Pause. Übersetzung.

Der OB trat vom Rednerpult weg und überließ es mit einer einladenden Handbewegung dem Gast.

SKH senkte kurz seinen Kopf zum Dank für die Begrüßungsworte seines Gastgebers, dann trat er hinter das Mikrofon. Er ließ den Blick seiner dunklen, fast schwarzen Augen über die Anwesenden gleiten, dann kam seine sonore Stimme in arabischer Sprache aus dem Lautsprecher: „Sehr geehrter Herr Oberbürgermeister, sehr geehrte Herren des Rates, zunächst darf ich mich ganz herzlich für den warmherzigen Empfang bedanken, den Sie meiner Person entgegengebracht haben. In meinem Land wird Gastfreundschaft großgeschrieben und ich fühle, hier ist es ebenso. Meine Heimat und Ihre Stadt sind geprägt von langen geschichtlichen Entwicklungen."

Pause. Übersetzung.

„Schon unsere Vorfahren haben vor langer Zeit miteinander Handel getrieben und viele Errungenschaften wurden vom Morgenland ins Abendland übernommen. Auf diesem Wege

und in diesem Sinne freue ich mich auf eine gedeihliche Zusammenarbeit.

Wa aleikum as-Salam." Dabei legte er seine rechte Hand auf
sein Herz und deutete eine Verbeugung an.

Elvira, die sich während der Rede des Oberbürgermeisters
dezent hinter die letzte Reihe der Stadträte geschlichen hatte,
fühlte sich, jetzt nachdem es ernst wurde mit ihrem Einsatz,
enorm angespannt. Ihre Bereitschaft, sich auf dieses Aben-
teuer einzulassen, bekam einige Risse, als Andy Farmer ihr
die Kleidungsstücke zukommen ließ, die sie auf Wunsch des
Konsuls beim Empfang tragen sollte. Zuhause, beim Aus-
packen des Pakets, hätte sie fast einen Schreikrampf bekommen. Wenn der Herr Konsul von ihr erwartete, dass sie dieses
wallende, bodenlange, schwarze Gewand und dieses Kopftuch trug, konnte er ihren Einsatz gleich vergessen! Lange Zeit
stand sie vor ihrem Schrank und suchte nach einer Alternati-
ve. Ihre Wahl fiel auf ein hellblaues Kostüm mit einer weiten,
weißen Bluse, wobei sie sorgfältig auf die Blickdichtigkeit des
Gewebes achtete. Die ungewohnten halbhohen Absätze ihrer
Schuhe machten ihr schon nach kurzer Zeit Probleme. Sie versuchte, sie zu ignorieren. Neugierig spähte sie zwischen den
Zuschauern durch, um einen freien Blick auf den Prinzen zu
bekommen. Nur hin und wieder, wenn er den Kopf drehte,
sodass das Kopftuch nicht sein Gesicht verdeckte, konnte sie
sich einen Eindruck verschaffen. Ein kurzer, weißer Vollbart
kontrastierte mit seinem dunklen Teint und kaschierte etwas
seine rundlichen Gesichtszüge. Seine dunklen, fast schwarzen Augen musterten seine Umgebung mit interessierter
Intensität. Der Mann ist nicht größer als Rottmann, dachte
sie bei sich. Überhaupt! Erich würde sie sicher für verrückt
erklären, aber der Prinz besaß eine frappierende Ähnlichkeit

mit Rottmann. Gewissermaßen eine arabische Ausgabe des Schoppenfetzers. Ihre Studien wurden durch das Ende der Ansprache des Prinzen unterbrochen.

„Ich glaube, Andy Farmer sucht nach dir", hörte sie die Stimme von Erich Rottmann neben sich. „Vielleicht solltest Du mal ein paar Schritte nach vorne machen. Ich bin immer in Deiner Nähe, also bleib ganz entspannt!"

„Du hast leicht reden", murmelte sie zurück, begann aber, sich durch die Reihen der Stadträte nach vorne zu bewegen. Bürgermeister Farmer nahm das erleichtert zur Kenntnis und winkte ihr zu, dabei flüsterte er dem Konsul etwas ins Ohr. Der wiederum suchte Blickkontakt zur ihr. Als er ihre Kleidung sah, erstarrte er kurz mit zusammengekniffenen Augen, dann näherte er seinen Mund dem Ohr des Prinzen, der gerade dabei war, den Fraktionsvorsitzenden der im Stadtrat vertretenen Parteien die Hand zu schütteln und flüsterte ihm etwas zu.

SKH ließ den nächsten Stadtrat, der ihm die Hand schütteln wollte, einfach stehen und richtete seine Augen auf Elvira. Elvira Stark meinte für einen Moment von Röntgenstrahlen durchbohrt zu werden, so durchdringend war sein Blick. Sie trat näher und streckte dem Prinzen ihre Hand entgegen. Der ergriff sie, beugte sich darüber und deutete einen Handkuss an. Anschließend sagte er einige Sätze auf Arabisch, die der Konsul sofort übersetzte.

„Madame, sie sehen mich hocherfreut, Ihre Bekanntschaft machen zu können. Ich bin glücklich, dass Sie mir für die Dauer meines Aufenthalts Gesellschaft leisten. Begleiten Sie mich bitte in meinem Wagen ins Schlosshotel Steinburg. Für Sie sind in dem Bereich, in dem meine Frauen wohnen, eigene Räumlichkeiten vorbereitet."

Etwas überrumpelt bedankte sich Elvira Stark für die Einladung. Auf einen Hotelaufenthalt war sie allerdings nicht vorbereitet. SKH gab dem Konsul einen Wink, dann wandte er sich wieder den Fraktionsvorsitzenden zu.

Ibrahim Abdel Wahab unterbrach schnell seine Dolmetschertätigkeit und raunte ihr zu: „Gehen Sie bitte runter in den Hof, dort wartet die Limousine SKH. Ich werde ihnen einen meiner Männer mitschicken. In Ihrem Hotelzimmer werden Sie *geziemende* Kleidung vorfinden. Ziehen Sie diese bitte an!" Der letzte Satz war mit einer solchen Schärfe gesprochen, dass es Elvira tatsächlich die Sprache verschlug. Bevor sie etwas entgegnen konnte, war der Konsul schon wieder mit Übersetzen beschäftigt. Ihre Augen suchten Erich Rottmann, der irgendwie ins Hintertreffen geraten war. Zwei Wachen des Prinzen hatten sich vorhin, als Elvira nach vorne getreten war, so platziert, dass Rottmann abgedrängt wurde. Erst hielt der Exkommissar das für Zufall, als er sich Elvira erneut nähern wollte, bauten sich die beiden Araber erneut direkt vor ihm auf.

Verärgert knurrte Rottmann: „Was soll der Quatsch!", und schob seinen Ellbogen nach vorne, um sich zwischen den beiden durchzudrängeln. Da ließ einer der beiden einen arabischen Wortschwall auf Rottmann los, dessen Inhalt sicher nicht freundlicher Natur war. Da schwoll dem Exkommissar der Kamm!

„Wenn ihr zwei Figuren mich jetzt nicht sofort durchlasst, könnt ihr einmal erleben, was es heißt, wenn Erich Rottmann wütend wird!"

Seine laute Stimme machte die Umstehenden auf die Szene aufmerksam, auch der Konsul bekam sie mit. Er gab schnell eine kurze Erklärung in Richtung SKH ab, dann ging er dazwischen.

„Herr Rottmann, Frau Stark wird SKH ins Hotel begleiten, wo für sie ein Zimmer vorgesehen ist. Ich kenne das Arrangement, das Sie mit der Stadt getroffen haben, aber der Prinz möchte auf Ihre Mitarbeit verzichten. Ich denke, das sollten Sie akzeptieren. Für Frau Stark ist alles bestens gerichtet, sie genießt die Gastfreundschaft SKH und Sie müssen sich wirklich keine Sorgen machen!"

Jetzt verschlug es Rottmann doch die Sprache. Elvira, die alles mitbekommen hatte, sah ihn flehentlich an. „Erich, beruhige Dich bitte und mach hier keinen Skandal."

„Aber das geht doch nicht …! So war das nicht ausgemacht!", entgegnete er barsch und wollte am Konsul vorbei. Öchsle, der sich bisher ruhig verhalten hatte, bemerkte den Adrenalinausstoß seines Menschen, stellte sich vor Rottmann und begann, den Konsul anzuknurren. „Öchsle ganz ruhig", versuchte Rottmann den Rüden zu besänftigen.

„Machen Sie bitte keinen Ärger", fuhr Abdel Wahab ihn an und stellte sich ihm trotz Öchsles Drohung in den Weg, „halten Sie den verdammten Hund zurück. Den Wunsch des Prinzen haben Sie zu akzeptieren!" Er näherte seinen Mund Rottmanns Ohr und zischte: „Jeder dieser Leibwächter hier hätte kein Problem damit, umgehend dafür zu sorgen, dass dieses Tier keinen Ärger mehr macht!"

Obwohl Rottmann vor Wut fast die Halsschlagader platzte, fügte er sich notgedrungen.

„Ich kann Ihnen sagen, wenn Frau Stark auch nur ein Haar gekrümmt wird, werden dieser Prinz und Sie mich kennenlernen! Das verspreche ich Ihnen. Und da nützen Ihnen Ihre Wächter auch nichts, glauben Sie mir! Wir sind hier in Unterfranken und da gelten Gesetz und Ordnung!" Er suchte Elvira. „Elvira, mach Dir keine Gedanken", rief er ihr halblaut über einige Köpfe der Umstehenden hinweg zu. „Ich werde in Deiner Nähe sein!"

Sie machte ihm ein Zeichen, dass sie verstanden hatte, da

war der Konsul schon an ihre Seite. „Madame, wenn Sie bitte diesem Mann folgen wollen, er wird Sie zur Limousine des Prinzen begleiten."

„… aber ich habe doch keinerlei Gepäck dabei … Kleidung, Toilettenartikel …"

„Machen Sie sich bitte darüber keine Gedanken, es ist für alles gesorgt."

Ein Wächter verneigte sich vor Elvira und gab ihr durch Handzeichen zu verstehen, sie möge ihm folgen. Einige Minuten später saß sie im Fond der Luxuslimousine, atmete den Geruch der edlen Lederpolster ein und bewunderte die exklusive Innenausstattung. Ihr männlicher Begleiter ließ sich unterdessen hinter dem Steuer des Wagens nieder. Immer wieder warf er wachsame Blicke in den Rückspiegel. Elvira Stark war klar, er hatte den Auftrag, auf sie aufzupassen. Irgendwie beschlich sie ein beklemmendes Gefühl. Auf was hatte sie sich da eingelassen?! Entglitt ihr die Kontrolle?

Es dauerte einige Zeit, dann wurde die Tür neben ihr geöffnet und mit Schwung stieg der Prinz ins Fahrzeug. Er ließ sich ihr gegenüber in die Polster fallen und lächelte sie freundlich an.

„Es ist mir eine große Freude, Sie kennenzulernen, Elvira. Ich darf Sie doch Elvira nennen?"

Völlig perplex nickte Elvira Stark, denn der Prinz hatte eben eindeutig astreines Deutsch gesprochen!

Jetzt musste die königliche Hoheit doch herzlich lachen. „Sie fragen sich, wieso ich Ihre Sprache spreche. Das kann ich verstehen. Dazu muss ich Ihnen erklären, dass ich bis zu meiner Volljährigkeit zwei Hauslehrer hatte, die mich Englisch, Französisch und Deutsch gelehrt haben. Mein Vater wollte das so. Außerdem habe ich einige Zeit in Deutschland studiert."

Elvira fand zu ihrer Sprache zurück. „Darf ich fragen, wieso Sie dann immer arabisch sprechen und einen Dolmetscher übersetzen lassen?"

Der Prinz grinste. „Im Geschäftsleben bringt es große Vorteile, wenn der Gesprächspartner denkt, man würde ihn nicht verstehen. Deshalb möchte ich Sie auch bitten, meine Sprachkenntnisse für sich zu behalten. Sie sind gewissermaßen privat."

Er drückte einen Knopf und aktivierte damit offensichtlich ein Mikrofon. Er sprach einige arabische Wort, worauf der Fahrer den Motor startete und langsam losfuhr. Elviras Anspannung legte sich nicht gänzlich, aber es war schon etwas beruhigend, wenn der Mann, der ihr gegenübersaß, sie verstehen konnte.

Mit verkniffener Miene verließ Rottmann das Rathaus und eilte nach Hause. Er griff sich einen Koffer und warf wahllos Kleidungsstücke und seinen Waschbeutel hinein. Außerdem packte er einen Beutel mit Hundefutter und Öchsles Napf ein, dann verließ er seine Wohnung. Unten öffnet er eine Garage, die er angemietet hatte, in der sein alter VW-Käfer den verdienten Schlummer des Oldtimers hielt. Der Exkommissar hielt den Wagenschlag auf und Öchsle sprang in den Fußraum des Beifahrersitzes. Den Koffer warf er auf die Rücksitzbank.

„Jetzt wollen wir doch mal sehen, ob diese arabischen Bettuchträger einen Rottmann kaltstellen können …" Er stieg ein und startete den Motor. Das alte Auto spuckte einmal kurz, dann sprang es mit dem typischen VW-Käfer-Sound an. Rottmann lenkte das Gefährt rückwärts aus der Garage. Wenig später war er auf dem Weg zum Schlosshotel Steinburg.

Gleich nach der Ankunft des Prinzen ließ sich Schöpf-Kelle von seinem Kameramann in seiner Wohnung absetzen. Mit dem Kollegen verabredete er, dass der ihn nach

Anruf wieder abholte. Der Geschäftswagen stand ihm einige Tage zur Verfügung. Anschließend setzte er sich hinter seinen Laptop und schrieb routiniert einen Bericht über die Landung des Investors, den er durch Fotos seines Kameramannes ergänzte. Kurze Zeit darauf war der Artikel per Mail in der Redaktion. Danach griff er zum Telefon und rief Sabrina auf ihrem privaten Mobiltelefon an. Als sie sich meldete, fragte er etwas hastig, ohne Begrüßung: „Hat bei Dir im Büro alles geklappt? Hast Du Urlaub bekommen?"

„Hallo Schatz", erwiderte sie, dem Klang ihrer Stimme nach offenbar leicht angesäuert, „ich grüße Dich auch!"

„Ja, ja, … sicher! Entschuldige bitte, aber ich bin ziemlich gestresst … Wie sieht es nun aus?"

„Der OB hat zuerst etwas schief geschaut, als ich ihm den Urlaubsantrag hingelegt habe, hat ihn dann aber unterschrieben, nachdem ich ihm versicherte, meine Vertreterin sei in alles eingeweiht und stehe voll zur Verfügung."

„Sehr gut! Wo bist Du im Augenblick?"

„Zuhause."

„Prima! Pack bitte Dein schärftest Dirndl ein! Könnte mir gut vorstellen, dass die Araber auf so etwas stehen. In circa einer dreiviertel Stunde werde ich Dich abholen. Wir fahren dann hinauf ins Schlosshotel Steinburg."

„Ich möchte nochmals betonen, anzügliche Szenen spiele ich nicht!"

Schöpf-Kelle verdrehte die Augen.

„Mein Gott, jetzt sei doch nicht so spießig! Willst Du nun als Schauspielerin groß rauskommen oder nicht? Dazu gehört ganz einfach eine gewisse Flexibilität! Viele große Schauspielerinnen haben ihre Karriere klein angefangen und gelegentlich etwas Haut gezeigt."

Sie unterbrach die Leitung.

„Weiber!", brummte Schöpf-Kelle, dann öffnete er auf dem Laptop die Datei mit dem Drehbuch. Es gab noch einige Sequenzen, die er genauer ausarbeiten musste. Nach wie vor stellte sich die Frage nach der Leiche. Benötigte dieser Plot überhaupt eine? Dass Mord und Totschlag der einzige Weg waren, um im DADORD WÜRZBURCH Spannung zu erzeugen, war mittlerweile doch schon recht ausgelutscht. In Verbindung mit diesem fiktiven Ölscheich, der in der Story eine Hauptrolle spielte, wäre doch beispielsweise die Entführung einer schönen Unterfränkin, um sie dem heimischen Harem einzuverleiben, viel reizvoller. Das könnte dann in eine wilde Verfolgungsjagd münden, die letztlich die Befreiung der Dame als Höhepunkt hatte. Wenn dabei dann noch einer der Entführer das Zeitliche segnete, wäre das dann das Tüpfelchen auf dem I.

Schöpf-Kelle lehnte sich zurück. Jetzt war er im kreativen Prozess ein ganzes Stück weitergekommen. Seine Rolle als Detektiv Axel Strick war gesetzt. Während der Ermittlungen im Bereich des arabischen Milieus würde Strick sich *Aksal Ben Habl abu Aksal bin Habl* nennen, eine etwas lockere Übersetzung von Strick. Mit entsprechender Landestracht und einer gekonnt geschminkten Maske würde er aufgrund seines Leibesumfangs sicher als Scheich durchgehen. Blieb allerdings immer noch die Frage nach dem Darsteller des Prinzen. Da dieser ja eine Entführung durchführen sollte, durfte der Charakter nicht zu positiv rüberkommen. Schöpf-Kelle klappte den Laptop zu, dann rief er seinen Kameramann an, damit dieser ihn abholte. Eine halbe Stunde später waren sie bei Sabrina, danach ging es in Richtung Schlosshotel Steinburg.

Auf dem Parkplatz vor dem Hotelanbau standen die beiden Stretchlimousinen.

„Mach die Kamera scharf!", forderte Schöpf-Kelle ganz aufgeregt, der Regisseur in ihm war erwacht. „Ungestörter bekommen wir diese Luxuskutschen nicht mehr in den Kasten!"

Sie parkten in der Nähe der beiden Fahrzeuge, stiegen aus und der Kameramann setzte die Kamera an die Schulter. Langsam fuhr er einen Schwenk über die Limousinen. Es blieben ihm allerdings nur wenige Sekunden, dann hörten sie vom Eingang des Nebengebäudes der Steinburg lautes, erregtes Rufen. Einen Augenblick später kam ein wild gestikulierender Araber im landesüblichen, weißen Gewand die Treppe zum Parkplatz herunter auf sie zugestürzt. Der Stoff seines Kopftuchs flatterte im Wind. Rainer, der Kameramann, reagierte prompt, indem er die Kamera herumschwenkte und das Objektiv voll auf den erbosten Mann richtete. Was seine Wut offenbar noch befeuerte! Sekunden später war er heran und drückte Rainer das Kameraobjektiv nach unten.

„No pictures! No pictures!", stieß er dabei laut hervor und fuchtelte mit den Händen herum.

„We are from the German Press!", rief ihm Schöpf-Kelle entgegen und zeigte ihm seinen Presseausweis, den er vorsorglich mitgenommen hatte.

„No press allowed! Go away from here. Immediately!" Dabei legte er, offenbar um seine Worte zu unterstreichen, seine Hand auf den Dolch in seinem Gürtel.

Schöpf-Kelle hob besänftigend die Hand. „Okay, okay, we go!"

„Rainer komm, lass uns abhauen. Wir gehen durch den Haupteingang zur Rezeption. Für uns ist ja ein Zimmer reserviert. Hier hinten steht offenbar immer ein Wachhund herum. Ich hoffe, Du hast wieder ein paar brauchbare Bilder eingefangen?"

„Worauf Du Dich verlassen kannst! Zusammen mit einem geschickten Schnitt lässt sich daraus sicher was machen." Er schulterte die Kamera und winkte dem Araber freundlich zu. Der verzog keine Miene und beobachtete misstrauisch jede Bewegung der drei. Wobei Schöpf-Kelle nicht entging, dass sein Blick längere Zeit auf Sabrinas Figur und ihren blonden Haaren ruhte. Innerlich grinste Schöpf-Kelle. Es gab nur wenige Araber, die nicht auf blonde Haare standen. Sicher konnte man das irgendwie im Rahmen dieses Filmprojekts zum eigenen Vorteil nutzen.

Während sie an der Rückseite des Hotels entlangmarschierten, kam plötzlich hinter einem geparkten Fahrzeug ein älterer Mann hervor und steuerte auf Schöpf-Kelle zu, in seinem Gefolge ein schwarzer Hund.

Mein Gott, das darf doch nicht wahr sein, stöhnte der Reporter innerlich und blieb stehen. Sabrina und Rainer sahen Schöpf-Kelle erstaunt an. „Was will der Typ von Dir?", wollte Sabrina wissen.

„Geht ihr schon mal vor. Ich komme gleich nach", seufzte Schöpf-Kelle genervt und winkte sie mit der Hand weiter.

Erich Rottmann blieb vor dem Reporter stehen. „Schöpf-Kelle, Sie fliegen aber auch überall herum", begrüßte er ihn. Öchsle, der schon seit Langem eine ausgesprochene Abneigung gegenüber dem Journalisten pflegte, stellte die Nackenhaare und begann zu knurren.

„Könnten Sie freundlicherweise auf Ihren Hund einwirken, damit er sich friedlich verhält?", entgegnete Schöpf-Kelle und warf dem Rüden einen schrägen Seitenblick zu. Direkten Blickkontakt mied er, da er aus Erfahrungen von früheren Begegnungen wusste, Öchsle würde das als unfreundlichen Akt auffassen.

„Öchsle, alles gut", beruhigte der Exkommissar seinen vier-
beinigen Begleiter. „Also, warum treiben Sie sich hier herum?"

Das geht Sie eigentlich gar nichts an, lag Schöpf-Kelle auf der
Zunge, verkniff sich dann aber die Bemerkung und erklärte:
„Wir arbeiten am nächsten Dadord-Würzburch-Krimi. Das
Schlosshotel Steinburg ist dabei eine wesentliche Kulisse. Wir
haben uns überlegt, den Aufenthalt dieses arabischen Prinzen
irgendwie mit in die Story einzubauen. So eine Gelegenheit
bietet sich ja so schnell nicht wieder. Wir suchen nach einer
Möglichkeit, an den Mann näher ranzukommen. Aber er wird
ja massiv abgeschottet." Er deutete mit dem Daumen hinter
sich auf den Wachposten. Während er redete, musterte er Rottmann genauer. Er konnte es fast nicht glauben, aber diese Ähnlichkeit war ja der Wahnsinn ...! In seinem Kopf formte sich
eine absolut verwegene Idee. „... aber Sie sind doch sicher auch
nicht nur hier, um frische Luft zu schnappen?"

Rottmanns erster Impuls war, den Mann abblitzen zu
lassen. Bekanntermaßen pflegte Schöpf-Kelle vertrauliche
Informationen gerne in der Mainpostille hinauszuposaunen.
Hier war er aber offensichtlich nicht als Reporter, sondern
wollte seinen Film drehen. Erich Rottmann schoss ein Gedanke durch den Kopf. Er mochte Schöpf-Kelle zwar nicht,
aber wenn er den Mann überreden konnte, ihm im Rahmen
der Dreharbeiten Zugang zu den Räumen des Prinzen zu verschaffen, wäre dies ein zwar ungewöhnlicher, aber womöglich
effizienter Weg zum Ziel.

„Dreharbeiten haben mich schon immer interessiert", erklärte Rottmann zur Verwunderung von Schöpf-Kelle überraschend freundlich. „Kann man dabei mal zuschauen?"

Schöpf-Kelle musste sich zusammenreißen, um seine
Freude über Rottmanns Stimmungswandel nicht zu zeigen.

„Ja, wenn Sie das interessiert, gerne. Kommen Sie doch einfach mit, wir haben im Hotel ein eigenes Zimmer gebucht, das wir als Basis für die Filmaufnahmen hier rund um die Steinburg nutzen."

Damit wäre die Zimmerfrage für mich auch geklärt, dachte Rottmann. Er nickte Schöpf-Kelle zu und marschierte neben ihm her zum Vordereingang des Hotels. Öchsle trippelte eifrig nebenher.

Kurz darauf passierten sie die Rezeption. Die Damen erklärten, eine Dame und ein Herr hätten bereits die Schlüsselkarten erhalten. Sie warfen Öchsle zwar neugierige Blicke zu, ließen ihn aber kommentarlos eintreten.

Über eine Treppe erreichten sie das Zimmer im ersten Stock. Schöpf-Kelle machte sich durch Klopfen bemerkbar und Rainer öffnete. Er musterte zwar Erich Rottmann und Öchsle verwundert, machte aber Platz, als sie sich an ihm vorbeidrängten.

„Das ist Erich Rottmann und sein Hund Öchsle", erläuterte der Reporter knapp. „Herr Rottmann interessiert sich für unsere Filmarbeit."

Der Exkommissar wunderte sich zwar etwas, als ihm Sabrina mit dem Vornamen vorgestellt wurde. Erkannte er sie doch als die Chefsekretärin des Oberbürgemeisters. Was wollte diese tüchtige Frau, die täglich das Büro des OB organisierte, hier bei dieser Filmproduktion? Er sagte aber nichts.

„Setzen Sie sich", bot Schöpf-Kelle Platz an und Rottmann versenkte sich in einen der Plüschsessel. Rainer ging mittlerweile zum Auto und holte Kartons mit Ausrüstungsgegenständen.

Das Doppelzimmer war geräumig, gehörte aber sicher nicht zur Luxuskategorie des Hotels. Schöpf-Kelle erwartete das auch nicht, nachdem der Hotelmanager ihm den Raum gefälligkeitshalber überlassen hatte. Wegen fälliger Renovierungsarbeiten war er im Augenblick nicht vermietbar. Als Basisstation für ihren Film reichte er aber völlig aus. Sabrina durchmaß das Zimmer und rümpfte immer heftiger die Nase.

„Die Räumlichkeiten für ein Filmset habe ich mir aber etwas niveauvoller vorgestellt", mokierte sie sich.

„Jetzt jammere hier nicht herum", reagierte Schöpf-Kelle etwas gereizt. „Du sollst hier ja auch keinen Wellness-Urlaub machen! Hilf lieber mal die Kartons auszuräumen, wenn Rainer zurückkommt. Da sind auch Filmkostüme drin." Er warf einen Blick auf seine Armbanduhr. „In einer halben Stunde werden Lukas und Josef kommen, sie spielen arabische Wächter. Ira kommt etwas später, sie ist für die Maske zuständig. Also, auf geht's, wir müssen bereit sein, wenn drüben was passiert."

Die Tür ging auf und Rainer schleppte zwei Kartons herein. Sabrina öffnete einen Karton und zog ganz langsam ein langes, dunkles Gewand heraus. Mit beiden Händen hielt sie es vor sich in die Höhe und musterte es kritisch. „Du willst aber nicht, dass ich mich in diese Kutte werfe und das Tuch aufsetze. Da ist ja von meiner Figur nichts mehr zu sehen!"

Schöpf-Kelle rollte mit den Augen. „Bitte zieh das jetzt an! Das Kleid gehört zu Deiner Rolle! Du kannst Dich später schon noch ausreichend präsentieren."

Sabrina murmelte ärgerlich vor sich hin, schnappte sich aber das Kleidungsstück nebst Kopftuch und verschwand im Bad. Insgesamt kamen ihr langsam leise Zweifel, ob ihr Talent hier richtig gefördert wurde.

Der Kameramann war geschäftig und sortierte verschiedene Ausrüstungsgegenstände, die er auf einem Schreibtisch in der Ecke ausbreitete.

„Um was geht es denn bei dem Film eigentlich, wenn man fragen darf, oder ist das ein Geheimnis?" Rottmann bemühte sich, den Eindruck entstehen zu lassen, als würde ihn das interessieren.

Schöpf-Kelle überlegte eine Sekunde, dann erwiderte er: „… warum eigentlich nicht." Er setzte sich Rottmann gegenüber auf den anderen Sessel. „Wir wollen unsere Krimi-Reihe durch Realitysequenzen erheblich aufpeppen. Dabei kommt uns der Besuch dieses Arabers richtig gelegen. Wir mischen reale mit geschauspielerten Szenen. Kameratechnisch müssen wir dabei häufig improvisieren, weil der Scheich ja weitgehend abgeschottet wird. Wir werden dabei erstmals auch kleine Bodycams einsetzen. Die Grundstory ist eine Entführung. Der Scheich will eine ehemalige Weinkönigin, gespielt von Sabrina, die er hier auf der Steinburg bei einem Empfang für die Stadt kennenlernt, in sein Land entführen, um sie in seinen Harem zu stecken. Axel Strick, dargestellt durch mich, will das natürlich mit allen Mitteln verhindern. Dabei kommt es zu erheblichen Komplikationen. Selbstverständlich spielen auch wieder Kommissar Raabe und die anderen bekannten Typen aus unseren Filmen mit. Ob dabei auch eine Leiche anfällt, überlasse ich ganz spontan der Entwicklung der Geschichte."

Erich Rottmann hörte ihm immer aufmerksamer zu. „Klingt interessant", stellte er fest. „Der Empfang. Wie soll das ablaufen?"

„Das ist kein Problem. Wie mir Sabrina sagte, will der Prinz morgen hier auf der Steinburg einen Empfang geben. Geladen werden die Honoratioren der Stadt und einige Firmenvertreter. Sabrina hat uns Einladungskarten besorgt. Wir werden uns unter die Gäste schmuggeln und dabei so gut es geht möglichst viele Szenen filmen. Die anderen Szenen werde ich dann rund um diese Veranstaltung schreiben. So haben wir das noch nie gemacht, aber ich denke, das könnte spannend werden."

Rottmann zeigte sich beeindruckt. In dem Augenblick öffnete sich die Badezimmertür und Sabrina kam umgekleidet heraus. Das knöchellange Gewand mit dem bestickten Mantel sowie das Kopftuch, das ihre blonden Haare nicht völlig bedeckte, verwandelten sie in eine völlig andere Frau. Sie drehte sich tänzerisch um ihre Achse und blieb mit einer grazilen Bewegung stehen.

Schöpf-Kelle und Rainer stießen leise Pfiffe aus.

„Hab ich doch gewusst, Du kannst so etwas tragen!", stellte Schöpf-Kelle fest. „Wenn Du jetzt noch entsprechend geschminkt wirst, dann wird das der Knaller! Jede Wette, dem Scheich bleibt die Luft weg!" Er lachte keckernd. „Anheizen werden wir ihn allerdings vorher mit Deinem sexy Dirndl! Damit machst Du den Scheich so richtig scharf und er fasst den Entschluss, Dich zu entführen. Danach trägst Du dann die arabischen Kleider."

In dem Augenblick klopfte es an die Tür. Rainer öffnete. Draußen stand eine junge Frau in Jeans und T-Shirt, deren knallrote Haare ins Auge stachen. In der Hand trug sie einen kleinen Koffer. Hinter ihr erkannte der Exkommissar zwei junge, schlanke Männer, die grüßend die Hand hoben.

„Hi", rief die Frau und trat über die Schwelle. „Wir haben uns leider etwas verspätet. Ich dachte, unser Zimmer wäre drüben im Anbau. Als wir reinwollten, hat uns so ein Typ im Kaftan ziemlich heftig angemacht. Ich habe versucht, ihm zu erklären, was wir wollen, aber er verstand weder Englisch, noch Französisch und Unterfränkisch schon gar nicht. Dann sind wir wieder abgedampft. Die Rezeption hat uns dann weitergeholfen." Sie betrachtete Öchsle, der sich ihr näherte, um sie zu beschnuppern. „Was bist denn Du für ein Süßer?", fragte sie und kuschte sich herab. Der Rüde ließ sich gerne streicheln. „Spielst Du auch bei uns mit?"

„Das ist Öchsle, der Hund von Herrn Rottmann hier",

erklärte Schöpf-Kelle. Er überlegte einen Moment, wie er es formulieren sollte, dann fuhr er fort: „Herr Rottmann interessiert sich für unsere Dreharbeiten … Er ist ehemaliger Kriminalbeamter und berät uns als Fachmann bei den kriminalistischen Details. Möglicherweise übernimmt er auch eine kleine Rolle."

Rottmann erhob sich leicht und schüttelte den beiden Neuankömmlingen die Hand. In diesem Augenblick vibrierte das Handy in seiner Hosentasche. Hoffentlich eine Nachricht von Elvira!, dachte er und sah auf das Display. Tatsächlich, eine längere SMS von ihr.

„*Lieber Erich, mach Dir keine Sorgen, bei mir ist alles in Ordnung. Der Prinz ist sehr nett und zuvorkommend. Stell Dir vor, er spricht deutsch! Das soll aber niemand wissen. Mir wurde hier ein großzügiges Zimmer reserviert. Ich habe sogar eine persönliche Bedienung, Jamira, eine junge Araberin. Dieses ist mir zwar ziemlich peinlich, aber der Prinz besteht darauf. Ich bleibe hier über Nacht und fahre morgen mit dem Prinzen runter in die Stadt, um ihm Würzburg zu zeigen. Vielleicht kannst Du es einrichten, um zehn Uhr am Vierröhrenbrunnen zu sein, dann kannst Du mich begleiten. Brumme nicht, ich weiß, das ist Stammtischzeit, aber das kann ich leider nicht ändern. Liebe Grüße, Deine Elvira*"

Einerseits war Rottmann erleichtert, andererseits machte er sich doch Gedanken, weil Elvira dort drüben diesem Araber völlig ausgeliefert war. Jedenfalls gab es heute für ihn hier nichts mehr zu tun. Er erhob sich.

„Ich werde jetzt wieder gehen", erklärte Rottmann. Öchsle trabte schon zur Tür. „Es war interessant, einen Einblick in die Filmarbeit zu bekommen. Der Krimi wird sicher spannend."

„Warten Sie, ich gehe mit runter", erklärte Schöpf-Kelle. „Ich muss sowieso noch einmal zu unserem Auto."

Kurz darauf standen sie vor Rottmanns VW. Der Ex-kommissar hatte das Gefühl, als wolle Schöpf-Kelle ihm noch etwas sagen. Da legte er auch schon los: „Herr Rottmann, vielleicht wissen Sie, dass in unseren Filmen häufig prominente Würzburger mitspielen. Das ist immer wieder ein Gag für das Publikum, wenn Sie bekannte Gesichter auf der Leinwand sehen, die kleine Rollen übernehmen. Wir haben bisher noch keine Besetzung für den Scheich in unserem Krimi. Sie werden es nicht glauben, … aber Ihre Frisur und Ihre Figur … Ihre Ähnlichkeit mit dem Prinzen ist frappierend! Wenn ich Sie mir in einem Kaftan mit Kopftuch vorstelle, natürlich entsprechend geschminkt, würde nicht einmal die Mutter des Prinzen einen Austausch merken. Sie sind meines Erachtens die Idealbesetzung!"

Erich Rottmann sah Schöpf-Kelle an, als hätte er einen Geisteskranken vor sich.

„Sie sind doch nicht ganz bei Trost!", schimpfte er zurück. „Niemals bringen Sie mich in ein solches Betttuch! Nein, nein, schlagen Sie sich das aus dem Kopf!" Er sah an sich herab. „… und figürlich gibt es doch keinerlei Ähnlichkeit! Muskulös, wie ich bin!"

„Ist ja schon gut!", erwiderte Schöpf-Kelle und machte einen Schritt rückwärts. „War ja nur so eine Idee. Wiedersehen, vielleicht überlegen Sie es sich ja noch einmal anders." Er winkte, drehte sich um und marschierte zurück zum Hotel.

Erich Rottmann kletterte hinter das Steuer seines Wagens und startete. Wenig später knatterte er in Richtung Stadt. Während der Fahrt ging er in sich. Es war zwar ärgerlich, aber wenn er ehrlich zu sich selbst war, bestand bei ihm tatsächlich eine leichte Ähnlichkeit mit diesem Scheich. Unwillkürlich schüttelte er den Kopf. Aber er, Erich Rottmann, als Schauspieler! Eine absolute Schnapsidee!

Die drei Frauen des Prinzen waren im Hotel jeweils in einer eigenen Suite mit Balkon untergebracht. Von dort hatten sie einen schönen Blick auf das Maintal. Jede hatte eine Dienerin, die für ihre Betreuung und ihr Wohl zuständig war. Außerdem stand im Flur vor den Suiten Tag und Nacht ein Wächter. Diese Soldaten lösten sich regelmäßig ab. Es war ihnen nicht gestattet, die Räume der Frauen zu betreten oder auf sonstige Weise mit ihnen Kontakt aufzunehmen. Nur in Anwesenheit einer anderen Frau oder einer Dienerin durfte eine Ehefrau des Prinzen mit einem Wachsoldaten sprechen.

Einer der Wächter war Yusuf ben Arabi, vierundzwanzig Jahre alt, dritter Sohn eines reichen baramuthaischen Kamelzüchters. Ihm war die Ehre zuteil geworden, als Soldat in der Garde des Königs zu dienen. Wenn der Prinz mit seinen Frauen auf Reisen ging, durfte er seinen Dienst als Begleitschutz ableisten. Zuhause in Baramutha wurde die Wachmannschaft SKH in unregelmäßigen Abständen vollständig ausgetauscht. Es durften keine Beziehungen, egal welcher Art, zwischen den Soldaten und den Frauen entstehen. Auch der kleinste Verstoß gegen diese Regel hätte zumindest eine schwere Auspeitschung, wenn nicht gar mehr zur Folge gehabt. Diesbezüglich war der Prinz gnadenlos!

Shirin war mit einundzwanzig Jahren die jüngste Gattin des Prinzen, die er vor vier Jahren heiratete. Ihr Name bedeutet so viel wie *Die Süße*, was voll und ganz zu ihrem Wesen und ihrem Äußeren passte. Der Prinz entrichtete dem Vater der Braut seinerzeit einen großzügigen Brautpreis von achtzig edlen Rennkamelen. Sie hatte der Hochzeit zugestimmt, da ihr der königliche Ehemann ein Leben in Luxus und Wohlstand versprach. Auch im Falle einer Scheidung oder des Todes des Ehemannes waren alle Frauen bestens versorgt. Eine andere

Möglichkeit, als eine von ihrem Vater arrangierte Hochzeit gab es für eine junge Frau ihres Standes in Baramutha nicht. Mit dieser Heirat verband der Prinz den Wunsch, endlich einen Erben zu bekommen. Die Ehen mit den beiden anderen Frauen waren kinderlos geblieben. Anfänglich nahmen die beiden Ehefrauen die Jüngere herzlich auf, hofften sie doch, dass der Prinz seine zwischenmenschliche Aufmerksamkeit nun in erster Linie Shirin widmen würde und sie mit allzu häufigen *Besuchen* verschonte. Als der Prinz aber seine Aufmerksamkeit fast nur noch Shirin widmete und sich die beiden anderen Damen vernachlässigt fühlten, gab es immer häufiger aus Eifersucht, Neid und Missgunst Streit zwischen den Damen.

Da der Prinz seine drei Ehefrauen auf Reisen meistens mitnahm, bedeutete das für sie etwas Abwechslung vom Leben im Goldenen Käfig. In Baramutha verfügten die Frauen über viel Platz und konnten sich jederzeit frei bewegen oder sich in ihre Räumlichkeiten zurückziehen. Dort war der Kontakt zu männlichem Personal praktisch ausgeschlossen. Auf Reisen war diese Strenge nicht immer durchzuhalten. So wurden die Verschleierung und die Distanz zu den Wachen von den Damen beim Fliegen nicht immer so konsequent eingehalten. Yusuf ben Arabi bot sich die Chance, auf der Reise Shirin gelegentlich ohne Schleier beobachten zu können und er verfiel ihr sofort. Er agierte dabei extrem vorsichtig, die junge Frau bemerkte seine heimlichen Blicke aber trotzdem und sie empfand ebenfalls verbotene Gefühle für ihn. Sie konnte machen, was sie wollte, wenn sie ihn sah, schlug ihr Herz höher und sie fühlte Schmetterlinge im Bauch, wie es bisher bei ihrem Mann noch nie der Fall gewesen war.

Während des Fluges mit dem Helikopter zum Flughafen Schenkenturm geriet dieser in eine Turbulenz, wodurch

Shirin, die sich gerade für einen Moment aufgestellt hatte, um zum Fenster hinaussehen zu können, strauchelte. Dabei drohte sie rückwärts zu fallen. Eine der anderen Frauen, die hinter ihr saß, griff nach ihr, um sie zu stützen, fasste aber daneben. So strauchelte Shirin ungewollt gegen Yusuf, der den Sitz auf der gegenüberliegenden Seite des Passagierraumes eingenommen hatte. Seine Reaktion war eine reine Reflexbewegung! Er griff nach ihr, stützte sie und verhinderte so ihren Sturz. Als hätte er ein glühendes Eisen angefasst, ließ er sie sofort wieder los, ging auf Distanz und entschuldigte sich bei ihr. Nachdem sie ihr Gleichgewicht wieder erlangt hatte, bedankte sie sich leise. Die beiden anderen Frauen drückten sie sofort zurück auf ihren Sitz. Dabei sahen sie Yusuf mit ernsten Blicken an, sagten aber nichts. Der Kommandeur der Wachmannschaft bemerkte den Vorfall natürlich und befahl Yusuf auf einen der hinteren Plätze, weit genug entfernt von Shirin. Der Vorfall blieb dann ohne Konsequenzen.

In Yusuf hatte diese Berührung aber ein wildes, ungezügeltes Feuer entfacht. Durch sein Zugreifen spürte er unter ihrem weiten Gewand für einige Sekunden ihren weiblichen Körper. Sein Blut geriet in Wallung und es kostete ihn enorme Kräfte, nach außen Gleichgültigkeit zu demonstrieren. Sein Kommandeur setzte sich zu ihm und flüsterte ihm zu: „Ich sehe an Deinen Augen, was Du denkst. Vertreibe sie aus Deinen Gedanken! Sofort! Oder, bei Allah, Deine Strafe wird schrecklich sein!" Yusuf sah ihn an und nickte.

Auch für Shirin war der kurze körperliche Kontakt mit Yusuf ein tiefgreifendes Erlebnis! Genau wie der junge Soldat musste sie sich alle Mühe geben, damit die beiden anderen Ehefrauen nicht misstrauisch wurden. Mittlerweile war ihre Konkurrenz so gewachsen, dass sie sicher nichts lieber getan hätten, als ihrem Ehemann eine Verfehlung Shirins mitzuteilen, um sie in Ungnade fallen zu lassen.

Auch hier im Hotel war die Trennung der Frauen vom Personal nicht so konsequent durchzuführen wie zuhause in Baramutha. Hinzu kam, dass zwei der Wachsoldaten offenbar die fränkische Kost nicht vertrugen und wegen Magenverstimmung das Bett hüten mussten. Dadurch war der Kommandant trotz aller Bedenken gezwungen, auch Yusuf zum Wachdienst vor den Frauensuiten einzuteilen. Nachdem er ihm noch einmal die Konsequenzen eines Fehlverhaltens eindringlich nahegebracht hatte, setzte er ihn als Wächter unten am Eingang des Refugiums des Hotels ein, die höchstmögliche Entfernung zu den Suiten der Frauen.

Gegen achtzehn Uhr kamen drei weibliche Servicekräfte aus der Küche des Haupthauses mit einem Servierwagen mit Warmhaltefunktion und brachten das Essen für die drei Frauen. Auf Wunsch SKH nahmen die Damen ihre Mahlzeiten auf den Zimmern ein. Wenn es die Zeit des Prinzen ermöglichte, nahm er an diesen Mahlzeiten teil. Heute wollte er aber mit Elvira speisen. SKH und Elvira Stark beachteten den Türwächter kaum, als sie auf dem Weg zum Hotelrestaurant an ihm vorüberkamen. Die Zeit verging zäh und langweilig. Yusuf vertrieb sich die Stunden, indem er an Shirin dachte. Ihre dunklen, feuchten Augen gingen ihm nicht aus dem Kopf. Wie sie ihn angesehen hatte! Er warf einen Blick auf seine Armbanduhr. Fast zweiundzwanzig Uhr. Es war schon dunkel. Noch eine Stunde, dann würde er abgelöst werden. Plötzlich hörte er über sich dezent, aber vernehmlich, ein klapperndes Geräusch, das er zunächst nicht einordnen konnte. Er sah nach oben. Etwas musste auf das gläserne Vordach über dem Eingangsbereich gefallen sein. Durch seine Bewegung war die zusätzliche Eingangsbeleuchtung angegangen. Jetzt konnte er den Gegenstand sehen. Er schüttelte verwundert den Kopf. Wie es aussah, handelte es sich um eines jener in buntem Papier eingewickelten Bonbons, die die Hoteldirektion auf jedem Zimmer den Gästen zur Verfügung stellte. Während er noch überlegte, wie das Bonbon dorthin gelangt war, klapperte es erneut und wieder landete ein bunt eingepacktes Wurfgeschoss auf dem Glasdach. Neugierig geworden, machte Yusuf einen Schritt nach vorne, sodass er am Dach vorbei die in Richtung Main weisende Fassade des Gebäudes einsehen konnte. Auf einem der Balkone im ersten Stock stand eine weißgekleidete, weibliche Gestalt und sah auf ihn herunter! Yusuf durchfuhr ein Blitzstrahl! Das war eindeutig Shirin, die, wie zur Bestätigung, erneut ein Bonbon herunterwarf. Dabei winkte sie ihm dezent mit der Hand zu. Allah ist groß und gnädig! dachte Yusuf. Mit dem letzten bisschen Verstand hielt er sich zurück, ihr zuzuwinken. Es war aber eindeutig, Shirin gab ihm ein Zeichen vom Balkon! Ihm verschlug es fast den Atem. Natürlich, ... der Balkon! Der Balkon war die Chance, die nie mehr wiederkehren würde! Als er erneut nach oben sah, war Shirin wieder verschwunden.

Nach seiner Wachablösung eilte Yusuf auf sein Zimmer, das er mit seinem Kameraden teilte, der ihn gerade abgelöst hatte. Auf dem Tisch stand eine Styroporbox mit Essen. Er sah hinein. Es handelte sich um Couscous mit Hähnchen, Gemüse und Champignons. Etwas, was er sehr gerne mochte, auch wenn es schon kalt war. Obwohl er eigentlich keinen Appetit verspürte, dazu war er viel zu aufgeregt, zwang er sich dazu, einen Großteil zu essen, damit es seinem Kameraden nicht auffiel, wenn er alles unberührt ließ.

Da sein Mitbewohner für Stunden Wache stehen musste, bestand von dieser Seite her keine Gefahr der Entdeckung. Yusuf zog seine traditionelle Kleidung aus, legte seinen Dolch in den Schrank und schlüpfte in einen Jogginganzug. Da sich die Wachen auch auf einem Auslandsaufenthalt fit halten mussten, hatte er diese Kleidung mitgenommen. Er löschte das Licht und öffnete die Tür zum Flur. Hier im Parterre stand auf dem Flur keine Wache. Nur der Posten am Eingang, sein Kamerad Izmir. Die Beleuchtung wurde hier mit Bewegungsmeldern ausgelöst. Yusuf musste das Fenster seinem Zimmer gegenüber erreichen. Das würde allerdings nicht gehen, ohne das Licht einzuschalten. Er lugte vorsichtig um den Türpfosten herum. Noch löste der Bewegungsmelder nicht aus. Er konnte durch die Glastür des Eingangs den Rücken seines Kameraden sehen, der offenbar rauchte. Yusuf fasste sich mühsam in Geduld. Eine Minute später machte Izmir einen Schritt nach hinten und löste damit das Licht auch im Flur aus. Seinen Bewegungen nach streifte er gerade die Asche seiner Zigarette in einen Aschenbecher, der dort festmontiert war, wie Yusuf wusste. Im Hotel durfte nicht geraucht werden.

Jetzt oder nie! dachte Yusuf, huschte hinaus, schloss die Zimmertür hinter sich und machte einen Satz zum Fenster gegenüber. Yusuf riss den einen Fensterflügel auf und kletterte über das Fensterbrett nach draußen. Schnell zog er das Fenster so heran, dass er es später wieder öffnen konnte. Er ließ sich hinunter auf den gefliesten Boden gleiten, der nur wenig übermannshoch unter ihm lag. Er befand sich in einer Art gastronomischen Außenbereich, überall standen Tische und Stühle in Gruppen zusammen. Hastig sank er neben einen der Tische zusammen und wartete. Noch hätte er sich irgendwie herausreden können, wenn man ihn entdeckte. Durch das Fenster konnte er sehen, wie das Licht im Flur ausging, am Eingang brannte es weiter. Nach fünf langen nervenaufreibenden Minuten war er sich sicher, niemand hatte ihn gesehen. Yusuf erhob sich und blickte die Fassade hoch. Der fragliche Balkon war der letzte in der Reihe. Yusuf war kein geübter Kletterer, aber seine militärische Ausbildung beinhaltete auch das Überwinden von Hindernissen. Schnell huschte er weiter. Zwei übereinander gestellte Tische und ein Stuhl bildeten eine halbwegs zuverlässige Kletterhilfe. Geschickt stieg er hinauf, dabei immer darauf bedacht, das Gleichgewicht zu halten. Am obersten Punkt waren seine Hände nur noch vierzig Zentimeter vom Geländer des Balkons entfernt. Er konzentrierte sich auf den Sprung. Wenn er das Geländer verfehlte, würde er abstürzen und dabei mit Sicherheit einen gewaltigen Lärm erzeugen. Darüber wollte er aber nicht nachdenken. Ein Satz und er bekam die Metallstange, die das Geländer bildete, mit der rechten Hand zu fassen. Der Tisch, der ihm als Absprungbasis diente, wackelte bedenklich. Yusuf hielt den Atem an. Er stabilisierte sich wieder. Schwer atmend fasste auch seine Linke zu, geschmeidig zog er sich nach oben. Sich seitlich über das Geländer rollend, ließ er sich auf den Balkon gleiten. Langsam erhob er sich, sein Atem wurde ruhiger. Mit einem Male schoss ihm der Gedanke durch den Kopf: Was war, wenn er ihre Signale missverstanden hatte und sie, wenn sie ihn jetzt hier sah, laut zu schreien begann? Ehe er weiter darüber nachdenken konnte, löste sich aus der Finsternis des Balkons eine dunkel gekleidete, weibliche Gestalt. Sein Herz schlug wie ein Dampfhammer, seine Beine versagten ihm fast den Dienst. Ihre langen, schwarzen Haare fielen über das seidige, knöchellange Negligé und umrahmten ihr Gesicht, in dessen abgrundtiefen, dunklen Augen sich das Licht der Stadt, tief unten im Maintal, widerspiegelte.

„Du bist gekommen, mein Liebster", flüsterte sie leise, während sie sich in seine Arme drängte. Er legte die Hände um ihren Körper und zog sie an sich.

„Wir werden zusammen sterben", flüsterte sie leise in sein Ohr.

„Wir werden sterben, so Gott will", gab er zurück und seine Lippen suchten ihren Mund.

Jamira, die Zofe Shirins, wusste bereits seit einiger Zeit, dass ihre Herrin in der Ehe mit dem Prinzen nicht glücklich war. Hinzu kamen die ständigen Schikanen durch die beiden älteren Frauen. Jamira mochte Shirin, denn sie war niemals unfreundlich oder ungerecht ihr gegenüber. Sie tat alles, um ihrer Herrin das Leben zu erleichtern und ihr irgendwie Freude zu machen. Durch ihre Sensibilität bemerkte sie auch die kleinen Zeichen, die ihr sagten, dass Shirin ein Auge auf den jungen Soldaten geworfen hatte. Zuerst war Jamira völlig verzweifelt und wusste nicht, was sie machen sollte. In ihrer Welt war kein Platz für eine ungestrafte Liaison. Sie hoffte immer wieder, es möge sich nur um eine vorübergehende Laune handeln. Jamira war in ihrer Heimat selbst Zeugin der Steinigung einer Ehebrecherin gewesen und wollte sich ihre Herrin nicht in einer solchen Situation vorstellen.

Jamira wusste, der Prinz war heute Abend mit dieser Deutschen beim Dinieren. Es gab für Shirin daher keinen Grund, sich von ihr das schwarze Negligé herauslegen zu lassen, welches sie immer tragen musste, wenn SKH sie besuchte, um bei ihr zu übernachten. Sie bemerkte auch die Unruhe, die Shirin erfüllte, als sie sich von Jamira vor dem Schlafengehen die Haare bürsten ließ. Schließlich erklärte Shirin: „Jamira, Du kannst gehen. Ich werde Dich heute nicht mehr benötigen."

Jamira verneigte sich, dann flüsterte sie leise: „Herrin, ich werde draußen wachen."

Shirin sah sie einen Moment überrascht an. Jamira gab den Blick offen zurück. Die Verständigung zwischen ihnen verlief wortlos. Schließlich nahm die junge Frau ihre Dienerin in die Arme und drückte sie.

„Möge Allah es Dir vergelten."

Jamira schloss die Tür des Schlafbereichs, nahm sich draußen einen Stuhl und setzte sich innen vor die Eingangstür zur Suite. Still betete sie für ihre Herrin.

Es war kurz nach vier Uhr und die Vögel begannen in den Weinbergen und dem angrenzenden Wald rund um das Schlosshotel ihr Morgenkonzert. Am nordöstlichen Horizont kündigte ein erster schmaler Lichtstreifen den neuen Tag an. Nabila, die erste Frau des Prinzen, hatte schlecht geschlafen. Auf Reisen musste sie sich immer einige Tage mit einem heftigen Jetlag auseinandersetzen, der ihr oftmals eine heftige Migräne bescherte. Hinzu kam das ungewohnte Essen, das fremde Bett … und ihr Kummer. Sie war jetzt achtundvierzig Jahre alt und fast dreißig Jahre mit Faisal verheiratet. Als sie ihm nach fast acht Jahren noch kein Kind gebären konnte, vermählte sich der Prinz mit der damals fünfzehnjährigen Daliah, die in der Suite neben ihrer schlief. Obwohl der Prinz den beiden Frauen regelmäßig seine Aufmerksamkeit schenkte, blieben die Verbindungen weiterhin kinderlos. Der Prinz haderte innerlich mit Allah, der ihm zwei Frauen geschenkt hatte, die keinen Erben hervorbringen konnten. Seine Besuche bei ihnen wurden spärlicher und SKH sah sich im Kreis der hochgeborenen Mädchen seiner Heimat nach einer weiteren Frau um. Shirin war siebzehn Jahre alt, der Prinz achtundfünfzig, als die Hochzeit geschlossen wurde.

Auch diese Verbindung war aber bisher kinderlos geblieben, obwohl der Prinz auch Shirin regelmäßig seine Aufwartung machte, wie Nabila und Daliah wussten. Die beiden Frauen waren sich zwischenzeitlich sicher, das Problem lag bei Seiner königlichen Hoheit und nicht bei ihnen. Dies laut auszusprechen, wäre allerdings ein schlimmer Tabubruch gewesen, eine harte Bestrafung die Folge. Nabila litt unter der Vernachlässigung ihres Ehemannes. Immer wieder suchte sie nach Wegen, seine Gunst wiederzuerlangen. Sie blickte hinunter in das Maintal und die glitzernden Lichter der Stadt. Man konnte von hier aus die Scheinwerfer vereinzelter Autos sehen, die sich zu dieser frühen Stunde ihren Weg durch die Straßen suchten. Plötzlich glaubte sie ein Geräusch zu hören. Sie trat an das Geländer ihres Balkons und sah hinunter auf die Veranda. Vielleicht eine Katze, die auf der Jagd war? Da durchfuhr es sie wie ein Blitzstrahl! Auf dem Balkon am Ende des Hauses konnte sie eine Bewegung erkennen. Dort lag Shirins Suite! Konnte es sein, dass ihr Ehemann um diese Uhrzeit auf dem Balkon mit seiner dritten Frau …? Sie schüttelte unwillkürlich den Kopf. SKH hielt, wie sie aus Erfahrung wusste, nichts von sportlichen Aktivitäten zwischen Mann und Frau. Mit zunehmender Erregung konzentrierte sie sich. Da merkte sie eine Bewegung. Es gab keinen Zweifel! Da schwang sich ein schlanker Mann über das Geländer von Shirins Suite, ließ sich mit ausgestreckten Armen hängen, dann fallen. Mit federnden Bewegungen landete er auf einem Tisch, der an der Hauswand stand. Jetzt erst fiel ihr auf, dass dort zwei Tische aufeinander standen. Der nächtliche Besucher verharrte einen Moment, nachdem er weich aufgekommen war und beobachtete die Umgebung. Auch wenn er auf die Idee gekommen wäre, nach oben zu sehen, hätte er Nabila im Dunkel des Balkons nicht sehen können. Mit glühenden Augen beobachtete sie, wie der Mann an der Hauswand entlanghuschte. Unvermittelt blieb er stehen, dann zog er sich, offenbar am Fensterbrett eines offenen Fensters, in die Höhe. Als er zu diesem Zweck einmal nach oben sah, konnte Nabila ihn erkennen. Yusuf … der stets gehorsame Soldat und Diener seines Herrn! Eine Sekunde später war der Spuk vorüber und die Veranda lag wieder verlassen da.

Nabila zog sich in ihr Schlafzimmer zurück. Jetzt war an Schlaf überhaupt nicht mehr zu denken. Sie musste nachdenken. Wie konnte sie dieses Wissen zu ihrem Vorteil nutzen? Ein Wort von ihr und beide würden dem Richter ausgeliefert werden. Sie entschied sich noch nicht. Vielleicht sollte sie warten, bis sie wieder zuhause waren. Nur dort konnten diese Ehebrecher die volle Härte der Scharia erfahren und so die geschändete Ehre ihres Mannes wiederhergestellt werden.

Um zehn Uhr strahlte die Sonne von einem wolkenlosen Himmel und brach sich glitzernd in den Wasserstrahlen des Vierröhrenbrunnens. Erich Rottmann und Öchsle warteten hier bereits seit fast fünfzehn Minuten. Den Frühschoppen und damit den Stammtisch ließ der Exkommissar heute sausen, aber das war ihm egal. Er war gegenüber Elvira Stark eine Verpflichtung eingegangen! Eine unruhige Nacht lag hinter ihm. Ständig quälten ihn wilde Fantasien über Elvira und den Prinzen. Selbstverständlich hatte sich Rottmann im Internet ausführlich über Prinz Faisal bin Yusuf 'Asada Aljabal informiert. Obwohl er in seinem Land nicht der Thronfolger war, verfügte er als Verwandter des Königs über viel Geld, Einfluss und Macht. Er engagierte sich in vielen Teilen der Welt im Rahmen großer Projekte, wobei eine Seilbahn, wie sie den Stadtoberen von Würzburg vorschwebte, zu den eher unbedeutenderen Vorhaben zählte. Auch die Vita des Prinzen war im Netz zu finden. Dabei wurde auch erläutert, dass die Bezeichnung *'Asada Aljabal* in seinem Namen die Bedeutung *Der Berglöwe* hatte. War hierdurch womöglich die Affinität des Prinzen zum Schlosshotel Steinburg zu erklären? Es lag oberhalb des in die Weinbergsmauer gemeißelten Denkmals des *Löwen am Stein.*

Rottmann wurde aus seinen Gedanken herausgerissen, weil die erwartete Stretchlimousine, aus der Karmelitenstraße kommend, leise heranglitt und neben dem Brunnen zum Stehen kam.

„So ein Aufpeitscher", grollte Rottmann in sich hinein.

Der Fahrer sprang heraus und öffnete den hinteren Wagenschlag. Eine gut gelaunte Elvira stieg aus und winkte Rottmann zu.

„Juhu, Erich, schön, dass Du es einrichten konntest!" Sie kam auf Rottmann zu und begrüßte Öchsle, der sich sofort schwanzwedelnd an sie drängte. Sofort versammelte sich um das auffällige Gefährt eine Menschentraube. Zwischenzeitlich war auch der Prinz auf der anderen Seite ausgestiegen, sagte einige Worte zu dem Fahrer, dann kam er heran. Obwohl er diesmal ganz normale europäische Freizeitkleidung trug, war er eine so auffällige Erscheinung, dass er von allen Seiten begafft wurde. Die herzliche Begrüßung zwischen Elvira und Erich war ihm nicht entgangen.

„Sie sind also der Lebensgefährte von Elvira Stark", stellte der Prinz lächelnd fest. „Sie werden uns auf unserem Rundgang begleiten, wie sie mir sagte." Er gab Rottmann die Hand und beide sahen sich dabei fest in die Augen. Keiner gewann dieses Duell, beide senkten irgendwann den Blick.

Rottmann nahm den *Lebensgefährten* mal so hin. Elvira Stark nahm dies innerlich schmunzelnd zur Kenntnis. Wieder fiel ihr die auffallende Ähnlichkeit des Prinzen mit Rottmann auf.

Mittlerweile parkte der Fahrer die Limousine direkt vor dem Eingang des Grafeneckart auf dem Platz für den Dienstwagen des Oberbürgermeisters. Anschließend kam er herüber und gesellte sich zu ihnen, wobei er einen respektvollen Abstand wahrte. Ständig glitt sein Blick über die umstehenden Menschen. Rottmann war sicher, dass er auch als Bodyguard fungierte. Es hätte den Exkommissar nicht gewundert, wenn der Mann unter seinem weiten Blouson eine Schusswaffe trug.

„Mahammad wird uns begleiten", erklärte der Prinz knapp, dann wandte er sich an Elvira. „Wir sollten unseren Rundgang beginnen, damit ich mir einen Eindruck von der Stadt machen kann."

„Gerne", erwiderte Elvira, „ich schlage vor, wir beginnen auf der Alten Mainbrücke!"

Elvira wies in Richtung der Brücke, die ja nur wenige Meter vom Brunnen entfernt lag. Der Prinz und Elvira gingen voran, Mahammad blieb dicht in ihrer Nähe und hielt die Umgebung im Auge, Rottmann und Öchsle marschierten hinterher. Als Rottmann zu den beiden aufschließen wollte, trat Mahammad ihm in den Weg und bedeutete ihm durch Handzeichen, er sollte Abstand halten. Das ärgerte Rottmann zwar, er bremste sich aber, weil er Elvira keinen Ärger machen wollte. Elvira holte Luft und gab einige Erklärungen zur Historie der Brücke zum Besten. Die Aufmerksamkeit des Prinzen ließ aber zu wünschen übrig. Er schien sich in erster Linie für die in der Ferne zu erkennende Steinburg und die Festung zu interessieren. Offenbar schätzte er in Gedanken die Möglichkeit und die Sinnhaftigkeit einer Seilbahn zwischen den beiden Standorten ab. Während Elvira noch ausführte, drehte er sich um und unterbrach sie. „Ich würde mir gerne die Situation von dort oben ansehen." Er wies mit der Hand zur Festung Marienberg.

Elvira war zunächst etwas angesäuert, dann riss sie sich zusammen. „Kein Problem", erwiderte sie, „wir können bis fast ganz hinauffahren."

„Dann machen wir das", entschied der Prinz und eilte über die Brücke zurück zum Auto.

Rottmann wunderte sich zwar etwas über das spontan abgekürzte Besichtigungsprogramm, war aber deswegen nicht böse. Während er hinter den beiden hermarschierte, bemerkte er in einiger Entfernung einen Mann, der ein Kapuzenshirt trug, die Kapuze über den Kopf gezogen. Unter dem Arm geklemmt hielt er irgendwie etwas verkrampft eine Aktentasche. Als er durch eine Bewegung einen Blick auf sein Gesicht freigab, erkannte ihn Rottmann. Es war Raimund, der Kameramann, den er im Schlosshotel als Mitglied der Filmcrew Schöpf-Kelles kennengelernt hatte. Offenbar machte er hier heimlich Aufnahmen. Der Exkommissar behielt seine Entdeckung für sich.

Als sie an der Limousine angekommen waren, blieb der Prinz kurz stehen und wandte sich Rottmann direkt zu.

„Vielen Dank für Ihre Begleitung. Bitte verstehen Sie, dass es mir nicht möglich ist, Sie mit dem Hund in meinem Wagen mitzunehmen. Hunde gelten in meiner Religion als unreine Tiere. Der direkte Kontakt mit ihnen ist uns sehr unangenehm." Ehe Rottmann etwas erwidern konnte, öffnete der Prinz den Wagenschlag für Elvira.

„Erich, tut mir leid", flüsterte sie in seine Richtung. „Das wusste ich nicht." Mit etwas betretener Miene stieg sie ein und ließ sich in den Ledersitz fallen.

Ehe er sich ebenfalls hineinsetzte, drehte sich der Prinz noch einmal um. „Ich werde heute Abend um zwanzig Uhr für den Oberbürgermeister und die Stadträte im Schlosshotel einen Empfang geben. Frau Stark wird als meine Begleiterin daran teilnehmen. Bitte haben Sie Verständnis dafür, dass Sie hierzu nicht geladen sind." Er wies auf Öchsle, dann lächelte er Rottmann an und Mahammad schloss die Wagentür. Als der Straßenkreuzer unter der neuerlichen Aufmerksamkeit umstehender Bürger davonglitt, sah Rottmann Elvira durch das Seitenfenster winken. Sie zog eine bedauernde Miene. Er grüßte knapp zurück, dann drehte er sich um und marschierte durch die Langgasse in Richtung Unterer Markt.

„Immer, wenn der Kerl lacht, sollte man ihm den besten Zahn ziehen", grollte Rottmann so vernehmlich vor sich hin, dass ihm einige Leute, an denen er vorüberkam, verwunderte Blicke zuwarfen. Erich Rottmann war richtig stinksauer! Ein Blick auf die Uhr zeigte ihm, dass ein Besuch des Stammtisches zeitlich zwar noch möglich, aber seine Stimmung absolut nicht gesellschaftsfähig war. Mit einem vernehmlichen Knurren brachte sich sein Magen in Erinnerung. Ihm fehlte sein fast alltägliches Grundnahrungsmittel Leberkäse. Rottmann fand Abhilfe, indem er sich am Wurststand eine *geknickte Bratwursch im Brötle* kaufte. Damit setzte er sich auf eine Bank vor der Marienkapelle und ließ es sich schmecken.

Öchsle, ein unreiner Hund! wütete er in Gedanken vor sich hin. Dieser arrogante Typ hatte wohl einen Knall! Wo der Rüde bei jeder Gelegenheit ein Bad im Main nahm! Nachdem Rottmann das Brötchen verdrückte hatte, überlegte er, wie er das Elvira gegebene Versprechen, in ihrer Nähe zu bleiben, einhalten konnte. Mit welcher Hochnäsigkeit ihn dieser Kerl ausgeladen hatte! Wieder bremste ihn dieser Typ aus! Diesmal würde er ihm aber einen Strich durch die Rechnung machen. Im Prinzip waren ihm ja derartige Empfänge zuwider, aber heute würde er diese Gelegenheit wahrnehmen. Langsam streichelte er Öchsle über den Kopf. „… und Du *unreiner Hund* kommst mit!" Der Rüde quittierte die Bemerkung mit einem freudigen Schwanzwedeln. Erich Rottmann erhob sich und marschierte entschlossen in Richtung Rosengasse. Er würde sich jetzt erst mal ein schönes Mittagsschläfchen gönnen. Der Abend konnte lang werden. Der Besuch dieses Arabers brachte seinen ganzen Tagesablauf durcheinander. Später, wenn er ausgeschlafen hatte, würde sein alter VW wieder zum Einsatz kommen. So sehr es ihm widerstrebte, aber er sah die Notwendigkeit, sich jetzt doch mit Schöpf-Kelle zu verbünden. Mit Sicherheit würden sich die Filmleute den Empfang nicht entgehen lassen. Eine Chance, ordentlich Filmmaterial zu produzieren. Vielleicht konnte er Öchsle, falls es notwendig war, vorübergehend bei ihnen im Zimmer unterbringen.

Die Limousine hatte kaum einige hundert Meter zurückgelegt, als der Prinz sich an Elvira wandte.

„Meine Liebe, es wäre mir eine große Freude, wenn Sie heute Abend bei dem Empfang ein Dirndl tragen würden. Nach meiner Kenntnis ist dies hier in Ihrem Land so etwas wie die Nationaltracht für Damen. Im Internet habe ich Fotos dieser Bekleidung gesehen. Ich bin überzeugt, ein solches Gewand würde Ihnen ganz ausgezeichnet stehen."

Jetzt war Elvira Stark doch überrascht. „Hoheit, soweit ich weiß, tragen Damen in ihrem Land lange, geschlossene Kleidung, wenn nicht gar einen Schleier. Würde ein Dirndl nicht das Schamgefühl ihrer Frauen beleidigen?"

Der Prinz lachte verhalten. „Ich sehe, Sie sind informiert. Da machen Sie sich aber mal keine Gedanken. Wir sind nicht in unserem Land und wenn ich eine der Blumen Ihres Landes in ihrer vollen Blüte und Schönheit bewundern möchte, wird mich niemand davon abhalten … Im Übrigen … meine Frauen werden bei dem Empfang nicht dabei sein."

Elvira überlegte einen Augenblick. Die Schmeicheleien des Prinzen prallten zwar weitgehend von ihr ab, aber es war eine Tatsache, sie hatte für heute Abend nichts Passendes zum Anziehen. Die Kleidung, die ihr SKH zur Verfügung gestellt hatte, würde sie sicher nicht anziehen. In ihrem Schrank hing allerdings ein schönes Dirndl, das sie sich einmal bei einem Urlaub in Niederbayern zugelegt, aber praktisch nie getragen hatte. Ihre Entscheidung war gefallen. Sie bat den Prinzen auf dem Weg zur Festung kurz in der Rosengasse vorbeizufahren, damit sie das Dirndl mitnehmen konnte.

Rottmann parkte seinen Käfer an der gleichen Stelle vor dem Schlosshotel wie am Tag zuvor. Bei einem Rundblick über den Parkplatz stellte er fest, es fehlte das Fahrzeug der Filmleute und die zweite Limousine. Offenbar waren Elvira und der Prinz immer noch unterwegs. Selbstverständlich fand es Rottmann nicht für erforderlich, sich für den Empfang etwas weniger rustikal anzuziehen. Seine Kordhose war fast neu, das rotkarierte Hemd frisch gewaschen und die Haferlschuhe geputzt. Ansonsten war Rottmann seiner Linie treu geblieben. In seiner Lodenjoppe fand sich genügend Platz für seine Bruyère, Tabak und Feuer sowie das Mobiltelefon. Öchsle trug wie üblich Fell, wie gewohnt in Schwarz.

Kurz entschlossen umrundete der Exkommissar das Hotel und näherte sich dem Vordereingang des Haupthauses. Im Vorgarten saßen an einem Tisch zwei Männer beim Kaffee, die Rottmann irgendwie bekannt vorkamen. Die beiden wechselten einige Worte, dann erhob sich einer der beiden und kam direkt auf Rottmann zu. Prompt begann Öchsle zu knurren. Der Mann ignorierte den Rüden und sprach Rottmann an. Der Exkommissar konnte ihn zwar nicht verstehen, da er arabisch sprach, konnte seinen Gesten aber entnehmen, dass er an den Tisch gebeten wurde. Da erkannte er Achmed, den Begleiter des Konsuls, der ihn vor einiger Zeit vor seinem Haus angesprochen hatte. Als Rottmann den Tisch erreichte, nahm der Konsul seine Sonnenbrille ab und bot ihm einen Platz an. Achmed ließ sich derweil an dem freien Nebentisch nieder. Öchsle setzte sich neben seinen Menschen und behielt die Szene wachsam im Auge.

„Herr Rottmann, unser Treffen hier ist ein erfreulicher Zufall. Ich hätte Sie in den nächsten Tagen sowieso einmal um eine Zusammenkunft gebeten."

Eine Bedienung war auf den neuen Gast aufmerksam geworden und kam an den Tisch. „Was darf ich Ihnen bringen?", fragte sie freundlich.

„Darf ich Sie zu einer Tasse Kaffee einladen? Für deutsche Verhältnisse schmeckt er hier recht brauchbar."

Nach kurzem Zögern stimmte Rottmann zu. Wenn er herausfinden wollte, was der Mann von ihm wollte, musste er sich gesittet geben. Der Konsul bestellte, die Bedienung entfernte sich.

„Herr Rottmann, zunächst möchte ich mich bei Ihnen sehr bedanken. Die Tatsache, dass Frau Stark dem Agreement mit der Stadt zugestimmt hat, ist wohl Ihr Verdienst."

Erich Rottmanns Miene blieb ausdruckslos. Seiner Erfahrung nach waren Schmeicheleien meist der Wegbereiter für irgendwelche Forderungen. Schweigend wartete er.

„Seine königliche Hoheit ist, wie er mir sagte, von Frau Stark sehr angetan. Sie ist so ganz anders als die Frauen in unserem Land. Interessiert an vielen Dingen und sehr selbstbewusst."

In diesem Punkt konnte Rottmann ihm insgeheim nur zustimmen.

„Der Prinz würde Frau Stark gerne häufiger um sich haben, nicht nur während seines Aufenthalts hier in Würzburg."

Erich Rottmann spannte sich innerlich an. Seine inneren Alarmglocken schlugen an. Jetzt kommt's, dachte er.

„Frau Stark fühlt sich Ihnen zugetan, das hat sie im Gespräch SKH mehrmals gesagt. Sie beide sind zwar nicht verheiratet, aber, soweit ich das einschätzen kann, mehr als freund-schaftlich verbunden." Der Konsul nahm einen Schluck Kaffee, ehe er fortfuhr: „Mangels eines anderen männlichen Fami-lienmitglieds von Frau Stark hat mich der Prinz beauftragt, Sie zu fragen, ob Sie mit einer Vertiefung der Freundschaft SKH mit Elvira Stark einverstanden wären. Er wäre bereit, im übertragenen Sinne, Ihnen eine Art Brautpreis zu entrichten. In meinem Land erfolgt ein solcher in einer angemessenen Anzahl von wertvollen Kamelen. Sie können gerne Ihre For-derung stellen."

Die letzten Bemerkungen brachten bei Erich Rottmann das sprichwörtliche Fass zum Überlaufen. Seine Gesichtsfarbe wandelte sich schlagartig in ein dunkles Rot. Er sprang auf, was Achmed veranlasste, ebenfalls vom Stuhl hochzufahren. Der Konsul hielt ihn mit einem Handzeichen zurück. Öchsle kam ebenfalls auf die Läufe und knurrte.

„Ja, seid ihr denn von allen guten Geistern verlassen?!", tobte der Exkommissar. Einige Gäste an entfernteren Tischen sahen verwundert herüber. „Ihr könnt doch nicht hierher zu uns kommen und unsere Frauen behandeln, als wären wir hier auf einem Viehmarkt! Ich bin mit Frau Stark in keiner Weise verbandelt, weder als Lebensgefährte noch sonst irgendwie! Aber sie steht selbstverständlich unter meinem Schutz! Bei uns entscheiden die Frauen selbst, ob und mit wem sie eine Verbindung eingehen wollen. Wir brauchen wirklich nicht Eure Kamele ... wir haben schon selbst ge-nug!" Den letzten Halbsatz murmelte er nur vor sich hin. Er wandte sich zum Gehen, dann drehte er sich noch einmal um. „Euer Prinz hat doch schon drei Frauen. Hat er damit nicht genug? Ich kann ihn nur warnen: Elvira Stark ist eine Stange Dynamit mit einer äußerst kurzen Zündschnur!" Nun drehte er sich um und marschierte mit Öchsle im Gefolge zur

Rezeption. Der Konsul sah ihm mit undurchsichtiger Miene hinterher.

Rottmanns Frage an der Rezeption, ob Herr Schöpf-Kelle in seinem Zimmer sei, wurde bejaht. Der Exkommissar machte sich auf den Weg nach oben. Mit jeder Stufe legte sich sein Zorn etwas mehr. Dieses Gespräch bestärkte ihn in seinem Vorhaben.

„Ach, Sie sind's", sagte der Reporter, als Rottmann nach seiner Aufforderung das Zimmer betrat. „Haben Sie es sich überlegt und wollen jetzt doch bei uns mitmachen?" Er warf Öchsle einen kritischen Blick zu, aber der Rüde beachtete ihn gar nicht, vielmehr trottete er in eine Ecke und ließ sich dort unter dem Schreibtisch nieder. Rottmann setzte sich auf den unteren Bereich des Doppelbettes.

„Heute Abend findet doch dieser Empfang statt, den der Prinz für die Stadtregierung ausrichtet. Ich schätze, Ihr Film-futzis werdet Euch diese Chance nicht entgehen lassen. Wenn Sie in diesem Zusammenhang für mich eine Rolle sähen … warum nicht?"

Schöpf-Kelle zog erstaunt die Augenbrauen in die Höhe.

„Woher kommt dieser plötzliche Gesinnungswandel? Gestern haben Sie sich doch noch mit Händen und Füßen gewehrt."

Rottmann zog eine Grimasse. „Stimmt schon. Aber seit gestern haben sich für mich die *Geschäftsbedingungen* etwas geändert."

Schöpf-Kelle sah ihn fragend an. Er wartete offenbar auf eine ausführlichere Erklärung.

„Na ja, Elvira Stark – Sie kennen sie doch von anderen Anlässen – hat sich auf Wunsch des Oberbürgermeisters bereit erklärt, diesen Prinzen während seines Aufenthalts als Begleitdame zu betreuen. Merkwürdigerweise hat sich der Prinz ausdrücklich sie als gewissermaßen Stadtführerin gewünscht."

„Aha", kam es mit einem gewissen Unterton von Schöpf-Kelle.

„Verdammt, nicht, was Sie denken!" Rottmann funkelte sein Gegenüber ärgerlich an. „Elvira sollte ihm Würzburg zeigen und ich habe mich ihr gegenüber verpflichtet, sie dabei ... nun, gewissermaßen ein schützendes Auge auf sie zu werfen ..."

„... also, als so eine Art Anstandswauwau", ergänzte Schöpf-Kelle trocken.

„Nennen Sie es, wie sie wollen!", schnaubte Rottmann. „Jedenfalls hat dieser Araber mich jetzt schon zweimal ausgetrickst und ist mit Elvira in seiner Angeberlimousine abgerauscht. Er hat es damit begründet, dass ein Hund nach seinem Glauben unrein ist und er Öchsle deshalb nicht in seiner Nähe haben will. Aus demselben Grund bin ich auch von diesem Empfang heute Abend ausgeladen." Er sog heftig die Luft ein. „Wenn der Typ aber denkt, er kommt damit durch, hat er sich gewaltig geschnitten! Nicht mit mir!"

Am liebsten hätte er jetzt eine Pfeife geraucht, aber das war im Hotel nicht erlaubt. Schöpf-Kelle ließ dem Exkommissar einen Moment der Ruhe, damit er wieder etwas runterfahren konnte, währenddessen ihm spontan einige Ideensplitter durch den Kopf schossen. Womöglich war Rottmanns Verärgerung über den Prinzen eine unerwartete Chance, um in den Film einige Spannungselemente einzubauen. Schließlich stand im Drehbuch noch keine Leiche!

Am späten Nachmittag fuhr die Stretchlimousine wieder an der Steinburg vor. Während Elvira über den Parkplatz in Richtung Eingang des Refugiums lief, fiel ihr einige geparkte Autos entfernt der Käfer von Erich Rottmann auf. Erich war also trotz der Abfuhr durch den Prinzen hierhergekommen. Sie fühlte sich irgendwie erleichtert, ihn in ihrer Nähe zu wissen. Sie hoffte nur, dass der alte Sturkopf hier keinen Eklat verursachte. Die Bemerkung des Prinzen über Öchsle musste Rottmann sehr getroffen haben.

Auf Befehl SKH trug ihr der Fahrer das Dirndl, das sie aus ihrer Wohnung geholt hatte, bis zu ihrer Suite. Der Prinz bedankte sich bei ihr für die charmante Begleitung und verabschiedete sich von ihr mit einem angedeuteten Handkuss.

„Ich werde Sie kurz vor zwanzig Uhr zum Empfang abholen", erklärte er, dann begab er sich in seine Suite.

Kaum hatte der Prinz seine Räume betreten, als es an die Tür klopfte und auf seine Aufforderung hin, zu seiner Verwunderung, die Dienerin seiner ersten Frau eintrat.

„Was gibt es?", fragte er etwas ungehalten, denn er wollte sich jetzt ein wenig ausruhen.

„Meine Herrin bittet königliche Hoheit um einen Besuch." Dabei verneigte sie sich tief. „Sie sagte, es sei von Bedeutung."

Der Prinz seufzte. Nabila war in den letzten Jahren schwierig und streitbar geworden. Auf Reisen konnte er keinen Zwist brauchen. Wenn sie auf diesem Wege um seinen Besuch bat, war es besser ihrem Wunsch nachzukommen. Hoffentlich sollte er nicht wieder eine dieser lästigen Streitereien zwischen den Frauen schlichten.

„Sag ihr, ich komme gleich."

Sie huschte aus dem Zimmer.

Der Wächter auf dem Flur salutierte, als der Prinz seine Räume verließ. Kurz darauf betrat er Nabilas Suite. Was ihm seine erste Frau dann berichtete, trieb ihm die Zornesröte ins Gesicht. Als sie ihre Ausführungen beendete, sah er sie drohend an.

„Du weißt, dass ich Dich hart bestrafen werde, wenn Du mir die Unwahrheit sagst."

„Ich schwöre bei Allah und allen Propheten, das ist die Wahrheit", versicherte sie. „Shirin ist eine Ehebrecherin!"

Der Prinz ballte die Fäuste und brütete finster vor sich hin. Nabila saß in einer Ecke und verhielt sich ganz still. Sie musste in der Vergangenheit schon öfters miterleben, was mit Menschen geschah, die den Zorn ihres Ehemannes auf sich zogen. Als Blutsverwandter des Königs besaß er Einfluss auf die Richter des Königreichs. Wenn er es wünschte, würde die Scharia in aller Konsequenz gegen Shirin angewandt.

Prinz Faisal bin Yusuf 'Asada Aljabal trug nicht umsonst die Bezeichnung *Der Berglöwe* in seinem Namen. Wie diese Raubkatze konnte er blitzschnell und gnadenlos zuschlagen. Ihm war klar, trafen die Beschuldigungen seiner ersten Ehefrau zu, war seine Ehre besudelt und die Gesetze seines Landes sahen für Ehebruch nur eine Strafe vor: den Tod. Er musste sich im Rahmen der ihm hier gegebenen Möglichkeiten Klarheit verschaffen. Diese waren sehr eingeschränkt. Er war hier in Deutschland, um ein größeres Geschäft anzubahnen. Seine Geschäftspartner würden sicher mit heftiger Ablehnung reagieren, wenn er hier gegen die beiden Ehebrecher vorgehen würde. Er kannte die liberale Einstellung der Europäer auf diesem Gebiet. Es galt also, geschickt und ohne Aufhebens zu handeln ... bis das Geschäft unter Dach und Fach war. SKH traf eine Entscheidung und erhob sich.

„Du wartest hier", befahl er Nabila knapp, dann öffnete er die Tür der Suite und befahl den Wächter auf dem Flur zu sich. Er erteilt ihm einige Befehle, dann ging er wieder in die Räume seiner Ehefrau zurück, die Tür ließ er angelehnt. Mit finsterer Miene setzte er sich auf einen Sessel gegenüber dem Eingang und wartete.

Es dauerte nur wenige Minuten, dann waren draußen auf dem Flur laute Männerstimmen zu hören. Es gab Kampfgeräusche, als würde jemand gegen die Wand treten, dazwischen war die verzweifelte Stimme Shirins zu hören. Die plötzlich, nach einem eindeutigen Klatschen, abbrach. Der Prinz verzog ärgerlich das Gesicht. Sein Befehl lautete, Yusuf und Shirin schnell und unauffällig in dieses Zimmer zu bringen. Einen Augenblick später stießen der oberste Offizier der Wachsoldaten und zwei weitere Soldaten die dritte Ehefrau und Yusuf über die Schwelle der Suite, wo beide durch den Schwung auf die Knie stürzten. Der Offizier schloss die Tür von innen und baute sich mit seinen beiden Männern davor auf. Für die zwei jungen Menschen gab es kein Entrinnen.

Der Prinz musterte die beiden wortlos mit durchdringenden Blicken. Yusuf starrte zu Boden. Shirin liefen die Tränen über das von einem Schlag gerötete Gesicht, schluchzend sah sie ihren Ehemann an. Der winkte mit der Hand. „Nabila, komm her und wiederhole, was Du mir erzählt hast. Sag es den beiden ins Gesicht!"

Obwohl sie innerlich vor Furcht zitterte, trat sie vor und schilderte mit eiskalter Miene ihre nächtlichen Beobachtungen. „Das ist die Wahrheit, Allah ist mein Zeuge!", schloss sie und starrte Shirin trotzig in die Augen.

Yusuf richtete sich etwas auf, worauf einer der Soldaten vortrat, um ihn zu schlagen. Der Prinz hielt ihn aber mit einer Handbewegung davon ab.

„Königliche Hoheit, ich gebe alles zu! Das ist alles meine Schuld. Ich habe mich Shirin genähert und sie gezwungen, mir gefügig zu sein … Bitte bestraft mich und nicht sie!"

Der Prinz gab ein bitteres Lachen von sich.

„Es ehrt Dich, dass Du diese Frau schützen willst. Beleidige aber nicht meine Intelligenz. Niemals hättest Du hier in diesem Hotel Shirin mit Gewalt zu etwas zwingen können.

Den leisesten Schrei hätte die Wache auf dem Flur gehört. Das heißt, Nabilas Beschuldigungen entsprechen der Wahrheit!"

„Bitte, mein Prinz ...", Shirin warf sich ihm zu Füßen.

SKH schüttelte den Kopf. „Lass das! Ihr beide werdet so schnell wie möglich nach Baramutha zurückgebracht, wo ihr dann entsprechend dem Gesetz verurteilt werdet." Er gab dem Wachoffizier ein Zeichen. „Bis dahin werden sie gefesselt und geknebelt, getrennt voneinander, in Shirins Suite gefangen gehalten. Ich möchte nicht, dass das Hotelpersonal oder sonst jemand etwas mitbekommt. Du bist mir dafür verantwortlich!"

Der Offizier salutierte und gab seinen Männern ein Zeichen. Als sie die beiden ergreifen wollten, machte Yusuf einen verzweifelten Versuch, sich zu wehren. Ein Schlag gegen den Kopf mit der Scheide des Dolches des Offiziers brachte ihn zum Verstummen. Shirins Wimmern erstickte eine Hand auf ihrem Mund. Die beiden wurden geräuschlos in Shirins Suite gebracht, wo man sie fesselte und knebelte. Einer der Soldaten blieb als Wache in der Suite.

Der Prinz warf Nabila einen ernsten Blick zu. Der Triumph in ihrer Miene war nicht zu übersehen. Wortlos verließ SKH ihre Räumlichkeiten und eilte zurück in seine Suite. Er griff zum Handy und rief den Konsul zu sich. Wenig später trat Abdel Wahab ein. Der Prinz schilderte ihm kurz die Geschehnisse der vergangenen Nacht.

„Sorgen Sie dafür, dass die beiden Ehebrecher so schnell wie möglich in die Heimat geschafft werden. Ich nehme an, die Botschaft hat da geheime Mittel und Wege. Sie sollen zuhause eingesperrt werden, bis ich zurück bin. Ich werde sie dann dort vor Gericht stellen lassen."

Der Konsul versprach, sich um die Angelegenheit zu kümmern. Nachdem Abdel Wahab gegangen war, legte sich der Prinz auf sein Bett und schloss die Augen. Er fand aber keine

Ruhe. Das Verhalten von Shirin hatte seine Ehre bis ins Mark getroffen und ihn bitter enttäuscht.

Elvira zog, kaum dass sie alleine war, ihr Handy heraus und wählte die Mobilfunknummer von Erich Rottmann, bekam aber nur die Meldung, der Empfänger sei im Moment nicht erreichbar. Sie würde es später noch einmal versuchen. Gerade traf sie die Entscheidung, sich in der Wanne ihres großzügigen Badezimmers ein entspannendes Bad zu gönnen, als es an ihre Tür klopfte.

„Ja, wer ist da?"

„Jamira."

Sie erkannte die feine Stimme der jungen Frau. Elvira war die Bedienung durch Jamira sehr unangenehm. Aber der Prinz hatte darauf bestanden, ihr als Bedienung eine junge Araberin zur Verfügung zu stellen. Hätte sie es abgelehnt, wäre er wahrscheinlich beleidigt gewesen. Wie sich herausstellte, war sie auch die Hausdame von Shirin, der dritten Frau des Prinzen. Jamira sprach etwas deutsch, was den Umgang mit den anderen Begleitern des Prinzen wesentlich erleichterte. Ihre Deutschkenntnisse hatte sie, wie sie erzählte, in ihrer Heimat im Haushalt eines deutschen Industriellen, bei dem sie einige Zeit Dienst tat, erlernt. Elvira öffnete die Tür. Jamira trat ein. Sie trug ein knöchellanges Gewand und auf dem Kopf eine Art runde Haube, von der ein Tuch über ihrer Schulter hing. Sie sah Elvira freundlich lächelnd an und stellte mit einer Mischung aus Arabisch und Deutsch eine Frage. Offenbar wollte sie wissen, ob sie irgendwelche Wünsche hätte. Elvira dankte ihr und bedeutete der jungen Frau, sie würde jetzt gerne ein Bad nehmen. Sofort eilte Jamira ins Badezimmer und begann eifrig damit, an den Wasserhähnen zu drehen.

„Danke, danke, liebes Kind", wehrte Elvira ab, „das kann ich wirklich alleine!" Es benötigte einige Erklärungen, bis Jamira akzeptierte, dass Elvira beim Baden keine Bedienung wünschte. Mit etwas verständnislosem Gesichtsausdruck verließ die Frau schließlich das Hotelzimmer.

Das Schaumbad war ausgesprochen entspannend und wohlduftend. Elvira schloss die Augen und gab sich dem Genuss hin. Zwischendurch dachte sie an Erich Rottmann und fragte sich, wo er sich im Augenblick hier auf der Steinburg aufhielt. Einen Moment verspürte sie einen Anflug von Sorge. Sie kannte den alten Grantler und war sich sicher, er war durch das Verhalten des Prinzen ziemlich sauer. Hoffentlich machte er jetzt keinen Unsinn. Der Prinz hatte am Nachmittag ihr gegenüber angedeutet, morgen mit dem Oberbürgermeister und einigen Firmenvertretern erste Sondierungsgespräche führen zu wollen. Schließlich schob sie die Gedanken zur Seite und lauschte nur noch dem Knistern der platzenden Schaumblasen. Abrupt wurde sie wenig später aus ihrer meditativen Entspannung herausgerissen. Draußen auf dem Flur ertönte lautes Geschrei mehrerer männlicher Stimmen in arabischer Sprache. Dann stieß etwas vernehmlich gegen eine Wand. Es wurde wütend durcheinandergeschrien, dazwischen ertönte die hohe, verzweifelt klingende Stimme einer Frau. Elvira setzte sich erschrocken auf und rieb sich die Feuchtigkeit aus den Augen. Was war das? Nachdem Türen laut zugeschlagen wurden, trat schlagartig Stille ein. Die Lust auf Wellness war Elvira vergangen. Sie verließ die Wanne und wickelte sich in den großen Bademantel des Hotels. Das hörte sich ja fast wie ein Kampf an, überlegte sie. Sehr nachdenklich zog sie sich ihre Straßenkleidung an. Anschließend verließ sie ihr Hotelzimmer. Auf dem Flur deutete nichts auf einen Streit oder dergleichen hin. Es fiel ihr nur auf, dass jetzt auf dem Flur vor den Suiten der Frauen zwei Wachposten standen. Die beiden Männer musterten sie einen Moment aufmerksam, senkten dann aber die Köpfe zu einer leichten Verbeugung. Elvira winkte zurück, dann stieg sie die Treppe hinunter. Sie benötigte jetzt etwas frische Luft. Außerdem hoffte sie, auf Erich Rottmann zu stoßen. Ein erneuter Anruf bei ihm war wiederum erfolglos gewesen. Langsam machte sie sich doch etwas Sorgen. Obwohl sie entlang der Weinberge in der Nähe des Hotels entlangschlenderte, traf sie nicht auf Rottmann. Wo trieb sich Erich nur herum? Hatte der sich etwa hier ein Zimmer genommen? Eine entsprechende Frage, wenig später an der Rezeption, wurde von der dortigen Dame verneint. Da die Witterung mittlerweile wirklich sehr drückend und gewitterig geworden war, ging Elvira wieder auf ihr Zimmer zurück. Sie schaltete den Fernseher ein und legte sich auf ihr Bett. Sie hatte plötzlich das ungute Gefühl, irgendwie auf einer tickenden Zeitbombe zu sitzen.

Um 18.30 Uhr klopfte es an Elviras Tür. Erschrocken fuhr sie von ihrem Bett hoch und sah auf ihre Armbanduhr. Schon so spät! In einer Stunde würde sie der Prinz zum Empfang abholen. Sie hatte total tief geschlafen. Sie stand auf und öffnete die Tür. Draußen stand Jamira mit einem kleinen Koffer in der Hand. Elvira trat zur Seite und ließ sie ein.

„Du bist hier, um mich für den Empfang zu schminken", stellte sie fest. „Ich schäme mich etwas. Du bist pünktlich und ich habe verschlafen." Jamira verstand nicht alles, was sie sagte, sah aber das zerwühlte Bett und machte sich ihren Reim darauf. Elvira Stark hatte bei der nun folgenden Prozedur äußerst gemischte Gefühle. Als sie das Equipment sah, das in Jamiras Schminkkoffer aufgereiht lag, wurde ihr ganz anders. Es hätte wahrscheinlich für die Kriegsbemalung eines ganzen

Indianerstammes gereicht. Sie musste sich vor den Schmink-
spiegel ihres Zimmers setzen und Jamira begann mit der Arbeit. Elvira Stark bemerkte sofort die veränderte Stimmung
der jungen Frau. Bisher kannte sie sie nur fröhlich und gut
gelaunt. Jetzt aber redete sie fast nichts und blickte sehr ernst
drein. Elvira sah sich das eine Weile an, dann konnte sie sich
nicht länger zurückhalten.

„Jamira, was ist los? Du machst so ein trauriges Gesicht."
Um ihre Worte zu unterstreichen, zog sie eine entsprechende
Grimasse und tat so, als würde sie sich Tränen aus den Augen
reiben. Fast hätte sie dabei das schon aufgetragene Kajal ver-
wischt. Jamira verstand sofort, was sie meinte. Sie schüttelte
aber nur heftig den Kopf und kniff die Lippen zusammen.
In ihren dunklen Augen standen Tränen. Es war eindeutig,
irgendetwas quälte sie, sie wollte – oder durfte – nicht darüber
sprechen. Das war für Elvira natürlich kein Grund aufzuge-
ben, eher das Gegenteil.

„Kindchen, jetzt sag halt schon was. Vielleicht kann ich Dir
helfen."

„Meine Herrin …", brach es schließlich stockend aus ihr
hervor, „… meine Herrin … soll … bestraft werden."

Elvira Stark betrachtete betroffen Jamiras Bild im Spiegel.
„Wer will sie bestrafen? Warum? Was hat sie denn getan?"

Jamira konnte einen Augenblick nicht sprechen. Schluchzend brach ein Tränenstrom aus ihr heraus. Elvira griff nach
einer Packung Papiertaschentücher und reichte ihr eines. Beruhigend legte sie die Hand auf ihren Arm. Geduldig wartete
sie darauf, bis die junge Frau wieder sprechen konnte.

„Shirin hat …, Shirin hat … mit Yusuf … die Ehe gebro-
chen. Nabila … hat es gesehen … und dem Herrn gesagt."

Elvira konnte nicht alles verstehen, aber was sie verstand,
genügte, um ihr einen Schrecken durch die Glieder zu jagen.

Sie hatte zwar keine Ahnung, wer Yusuf war, aber da gab es hier ja nicht so viele Möglichkeiten. Sie wusste, Ehebruch war für konservative Moslems eines der schlimmsten Verbrechen. Und dass der Prinz, bei aller gezeigter Weltoffenheit, ein erzkonservativer Mohammedaner war, davon war Elvira überzeugt.

„Was ist mit den beiden geschehen?"

„Der Herr hat sie hier eingesperrt in Shirins Suite. Er will sie von Konsul Abdel Wahab nach Baramutha bringen lassen ... und dort vor den Kadi stellen." Ein neuerlicher Weinkrampf erschütterte sie. Sie kniete neben Elviras Stuhl nieder und ergriff ihre Hand.

„Bitte ... nicht verraten, dass ich gesprochen habe ... bitte ... sonst ..."

Elvira streichelte ihr voller Mitgefühl die Wange. „Von mir erfährt niemand etwas", versprach sie. Während Jamira, nachdem sie sich etwas beruhigt hatte, sie weiterschminkte, überlegte Elvira fieberhaft, dann fragte sie: „Weißt Du, wann der Abtransport erfolgen soll?"

Sie zögerte lange, dann erwiderte sie: „Wachen gesagt, es soll während Empfang geschehen. Alle sind dort. Niemand passt auf."

Jamira verstummte und schminkte sie zu Ende. Die Worte der jungen Frau gingen Elvira nicht mehr aus dem Kopf. Da musste sich in der vergangenen Nacht hier im Schlosshotel ein Drama abgespielt haben. Sie konnte sich in ihrer Fantasie die martialischen Strafen vorstellen, die Shirin und diesen Yusuf in der Heimat erwarteten. Sie überlegte, ob es einen Sinn machte, den Prinzen darauf anzusprechen. Sie stand bei ihm zwar ziemlich hoch im Kurs, aber sicher würde er sich von ihr nicht in seine familiären Angelegenheiten hineinreden lassen. Der Fehltritt der jungen Ehefrau war, wie sie es einschätzte, mit einem erheblichen Gesichtsverlust für den Prinzen verbunden, Ehre und Stolz massiv verletzt. Das mochte ja alles sein, trotzdem würde sie auf keinen Fall bei dieser Tragödie tatenlos zusehen. Es musste etwas passieren! Sie bedankte sich bei Jamira, versicherte ihr nochmals ihre Verschwiegenheit, dann entließ sie die junge Frau. Sie griff zum Mobiltelefon und versuchte erneut, Erich Rottmann zu erreichen. Sie konnte es kaum fassen, diesmal hatte sie Glück!

„Rottmann!", kam die vertraute Stimme aus dem Hörer. Mit Sicherheit konnte er auf seinem Display sehen, wer ihn anrief. „Elvira, was gibt's?", kam da auch schon seine besorgt klingende Frage. „Bei Dir alles in Ordnung?"

„Ja, was mich betrifft, alles okay. Aber hier gibt es ein großes Problem. Wo bist Du? Kannst Du sprechen?"

„Warte einen Moment. Ich bin mit Leuten in einem Hotelzimmer im Hauptgebäude des Schlosshotels und muss erst raus, damit ich reden kann." Kurze Pause, dann sagte er: „Also, leg los!"

Elvira wunderte sich zwar ein wenig über die Kulisse, in der sich Rottmann aufhielt, fragte dann aber nicht nach, sondern konzentrierte sich darauf, ihm so kompakt wie möglich die Problematik zu schildern. Schließlich kam sie zum Ende.

„… Der Prinz wird die beiden während des Empfangs hier von diesem Konsul Abdel Wahab, Du hast ihn ja schon kennengelernt, in die Botschaft nach Berlin bringen lassen, mit dem Ziel, sie möglichst schnell nach Baramutha zu schaffen und dort vor Gericht zu stellen. Ich muss Dir sicher nicht erklären, welche Strafe die beiden zu erwarten haben."

In der Leitung war es eine ganze Weile still. Elvira fragte besorgt: „Erich, bist Du noch da?"

„Ja, ja, entschuldige, aber das musste ich erst mal verdauen."

Nach kurzer Pause fuhr er fort: „Ich nehme an, Du wirst den Prinzen auf den Empfang begleiten?"

Elvira bestätigte das. „In einer guten Stunde kommt er vorbei und holt mich ab."

„Gut, dann mach alles so, wie es geplant ist. Ich sehe da eine winzige Chance …, … die ich Dir jetzt nicht erklären kann. Sag mir nur noch, wo werden die beiden Gefangenen verwahrt?"

Sie erklärte ihm die Lage von Shirins Suite. „Sie werden von zwei Soldaten bewacht."

„Aha. Nun ja, lass Dein Handy an. Sollte es während des Empfangs einen Aufruhr geben, verlass so schnell wie möglich den Empfang. Ich muss jetzt Schluss machen, weil ich noch einige Vorbereitungen zu treffen habe. Halt mir die Daumen!" Ehe sie noch etwas sagen konnte, hatte er aufgelegt. Rottmanns Reaktion war für sie höchst beunruhigend und rätselhaft. Hoffentlich ging er kein unkalkulierbares Risiko ein!

Um 19.10 Uhr klopfte es an ihre Tür. Es war Jamira, die sie fragte, ob sie ihr noch etwas helfen könne. Mit ihrer Hilfe band Elvira das Band ihrer Dirndlschürze neu, damit es richtig saß. Eigentlich überflüssig, wahrscheinlich nur eine Übersprunghandlung, um ihre Nervosität in den Griff zu bekommen. Sie besah sich im Spiegel. Das petrolfarbene Dirndl war knöchellang, mit entsprechender Schürze und entsprach insofern sicher arabischen Vorstellungen schicklicher Kleidung. Die Angemessenheit aus der Sicht eines Moslems endete aber sicher bei dem ausgeprägten Dekolleté der Dirndlbluse, das ein Brusttüchlein nicht wesentlich verdeckte. Elvira hatte es einmal für einen Opernbesuch in München gekauft. Seitdem hing das teure Stück im Schrank. Der Prinz hatte sie gebeten, das Dirndl zu tragen, also würde er auch dieses Dekolleté akzeptieren müssen. Oder war das vielleicht seine Absicht …? Der Mann war für sie völlig undurchsichtig. Immer freundlich, immer charmant … immer im Ungefähren bleibend. Schließlich entschied sie sich, den Ausschnitt mit einem Schultertuch aus weinroter Seide etwas abzudecken.

Um 19.20 Uhr pünktlich klopfte es erneut an ihre Zimmertür. Sie gab Jamira ein Zeichen zu öffnen. Draußen stand erwartungsgemäß der Prinz, gekleidet im traditionellen Gewand seiner Heimat. Jamira trat schnell zur Seite und senkte den Blick. Sie konnte ihrem Herrn nicht ins Gesicht sehen. Der Prinz hatte für das Mädchen jedoch keinen Blick. Er verneigte sich leicht und lächelte Elvira an.

„Sie sehen entzückend aus!"

„Das gefällt Ihnen so?" Sie sah ihn prüfend an. Es war ihm keinerlei Verärgerung anzumerken.

„Wunderbar!", gab er zurück und trat einen Schritt zur Seite, damit sie das Zimmer verlassen konnte. „Bitte kommen Sie, ich möchte mit Ihnen zusammen die Gäste begrüßen."

Elvira steckte ihre Keycard in eine kleine Handtasche.

„Jamira, schließt Du bitte die Tür", bat sie, dann folgte sie dem Prinzen, der ihr den Arm reichte. Sie fühlte eine innerliche Anspannung, weil sie nicht wusste, was auf sie zukommen würde. Schon nach wenigen Metern verfluchte sie innerlich die ungewohnten hohen Schuhe. Wahrscheinlich würde sie am Ende des Abends einige Blasen zu versorgen haben. Sollte sie wirklich das Hotel fluchtartig verlassen müssen, wie Erich Rottmann angedeutet hatte, würde sie die Dinger ausziehen müssen.

Auf dem Weg konnte sie eine Frage nicht unterdrücken.

„Hoheit, ich wundere mich, warum Ihre Frauen nicht an dem Empfang teilnehmen. Ist es für sie nicht ziemlich langweilig, ständig in ihren Zimmern zu sein?"

Der Prinz überlegte einen Augenblick, dann erwiderte er: „Bei diesem Empfang geht es um geschäftliche und nicht um gesellschaftliche Dinge. Geschäfte machen Männer. Meine Frauen werden einige Tage in der Stadt zur freien Verfügung haben, um Einkäufe zu tätigen. Selbstverständlich in Begleitung. Man darf sie nicht so einfach den Gefahren der westlichen Welt aussetzen! Sie sind darauf nicht vorbereitet. Die Männer hier sind oft ziemlich respekt- und distanzlos. Davor müssen sie geschützt werden."

Das war eine Ansicht, die Elvira natürlich so nicht teilte. „Ich bin auch eine Frau", wandte sie ein, „und bei den Gästen werden sicher auch eine Reihe von Frauen dabei sein. Bei uns sind Frauen selbstbestimmt und lassen sich nichts vorschreiben. Unsere Gesellschaft würde ohne diese Gleichberechtigung gar nicht mehr funktionieren."

Sie merkte, sie war drauf und dran zu überziehen. Dem Prinzen schwand langsam der Gleichmut. Er zog seine Stirn in Falten und musterte sie von der Seite her. „Moral insgesamt und das Verhältnis zwischen Mann und Frau im Speziellen, sieht man in der westlichen Welt ganz anders, als bei uns. Lassen wir offen, was besser ist", erklärte er knapp. Es war deutlich zu spüren, für ihn war das Thema jetzt erledigt. Sie fragte nicht weiter. Die Ereignisse der Nacht erwähnte er mit keiner Silbe.

Bevor Erich Rottmann in Schöpf-Kelles Hotelzimmer zurückkehrte, marschierte er mit Öchsle ein Stück die Allee hinunter. Der Rüde nutzte die Gelegenheit, um sich umfassend zu erleichtern. Rottmann betrachtete den Himmel. Er zeigte sich stark bewölkt, Tendenz steigend. Der Wind hatte aufgefrischt, die Temperatur war massiv gesunken und es sah ganz nach einem heftigen Gewitter aus. Am Parkplatz angekommen, ließ er Öchsle in den Käfer springen. Rottmann öffnete beide Türen weit, damit die Luft im Wageninneren abkühlen konnte. Dann schloss er die Türen wieder, schloss aber nicht ab. Öchsle rollte sich zufrieden auf dem Fahrersitz zusammen. So hatte er den Geruch seines Menschen ständig in der Nase.

Im Hotelzimmer der Filmcrew ging es mittlerweile drunter und drüber. In einer Ecke stapelte sich technisches Equipment. Rainer Proksch, der Kameramann, und Schöpf-Kelle diskutierten, wie sie die verschiedenen Kameras am besten einsetzen sollten. Sie hatten sich im Vorfeld den Gewölbekeller des Hotels angesehen, um ihre Einstellungen zu planen. Nachdem zu diesem Empfang auch das regionale Fernsehen zugelassen war, konnten sie, ohne aufzufallen, mit der großen Schulterkamera agieren. Zusätzlich würden aber Erich Rottmann und Sabrina Schmätzle-Eifrig noch versteckte Bodycams tragen, mit denen spezielle Aufnahmen gemacht werden konnten. Sabrina saß im Dirndl vor einem Spiegel, trug ein Frisiertuch um den Oberkörper und wurde von der Maskenbildnerin geschminkt. Die winzige Kamera war in einer Brosche untergebracht, die sie am Dekolleté trug. In einer anderen Ecke fummelte sich der Darsteller des Kommissars Raabe gerade ein Pistolenholster an seinen Gürtel. Daneben stand ein Kollege und probierte eine Polizeiuniform.

„Anscheinend ist die Uniform seit dem letzten *Dadord* im vergangenen Jahr eingegangen, verflixt und zugenäht!" Mit angehaltenem Atem zerrte er am Hosenbund. In einer Ecke standen zwei weitere Männer in Beduinenkleidung und warteten auf die Maskenbildnerin, die ihnen die Gesichter dunkler schminken sollte.

Als Rottmann eintrat, stürzte sich Schöpf-Kelle sofort auf ihn. „Wo waren Sie denn? Es gibt noch einiges zu besprechen!

Ich habe für Sie ein Beduinengewand mitgebracht. Wir haben ja schon darüber gesprochen. Sie sehen diesem Prinzen so ähnlich, dass man sie, natürlich entsprechend geschminkt, leicht als Double einsetzen kann." Er deutete zum Bett, wo quer darüber ein weißes Gewand zu erkennen war.

Rottmann unterbrach seinen Wortstrom mit einer Handbewegung. „Jetzt halten Sie mal die Luft an! Ich muss Ihnen auch etwas sagen! Gehen Sie mal mit mir vor die Tür, hier wird man ja verrückt!"

„Gut. Aber schnell, wir haben nicht mehr viel Zeit!"

„Passen Sie auf, ich habe gerade einen Anruf von Elvira Stark bekommen. Sie hat mir etwas berichtet, weswegen sie meines Erachtens unbedingt den Plot Ihres Films ändern müssen!"

„Jetzt machen Sie mich nicht schwach! So kurzfristig das Drehbuch zu ändern, würde ja alle Planungen umschmeißen! Das geht nicht!"

Nachdem Rottmann ihm alles erläutert hatte, war Schöpf-Kelle regelrecht sprachlos. Er riss die Augen auf und man konnte sehen, wie sich in seinem Kopf die Gedanken jagten.

„Mensch, Rottmann, das ist ja eine Sensation! Vor allen Dingen Reality pur! Wir werden die beiden Gefangenen befreien und die ganze Sauerei mit unserem Film an die Öffentlichkeit bringen! Dann wird dieser Prinz sich hüten, uns an den Karren zu fahren. ... Lassen Sie mich nachdenken ..." Tief in Gedanken versunken, marschierte er auf dem Hotelflur auf und ab. Schließlich blieb er stehen. „Ich habe eine Idee ... gehen wir wieder rein! Damit das was wird, werden wir massiv improvisieren müssen. Aber das ist meine Spezialität!"

Drinnen forderte er Rottmann auf: „Los, ziehen Sie sich um! Mein Plan steht und fällt mit Ihrer Person. Wir müssen diesem Konsul zuvorkommen und die beiden entführen, bevor er sie abtransportieren kann. Daher müssen Sie dem Prinzen so ähnlich sehen, dass die Wachen Befehle von Ihnen entgegennehmen. Jetzt gehen Sie zum Schminken. In einer dreiviertel Stunde ist Drehbesprechung. Wir können jetzt nicht mehr ewig herumpalavern. Der Empfang beginnt in einer Stunde!" Er wies zum Schminktisch. Anschließend stürzte er sich auf das Drehbuch und begann wie wild darin herumzuschreiben.

Rottmann saß kurz darauf vor dem Spiegel und schwitzte unter der Schminke, dem Kopftuch und dem Gewand. Als Ira fertig war, musste Rottmann zugeben, eine erstaunliche Ähnlichkeit mit dem Original konnte er nicht leugnen.

Dreißig Minuten später standen und saßen alle Beteiligten im Zimmer verteilt und lauschten den Ausführungen von Schöpf-Kelle, der sich mittlerweile auch in das Gewand eines Beduinen geworfen hatte.

„Leute, wegen aktueller, hochspannender Ereignisse gibt es eine einschneidende Planänderung! Wir haben überraschend die großartige Chance für eine Realitystory pur. Das Höchste dabei ist, wir können auch noch ein Verbrechen verhindern!" Von dieser Sekunde an bekam er die volle Aufmerksamkeit aller Anwesenden. Konzentriert erzählte er den Anwesenden, was ihm Rottmann berichtet hatte.

„… Es kommt jetzt darauf an, dass wir absolut funktionieren! Wenn wir die Gefangenen befreien wollen, muss uns ein großer Bluff gelingen. Keine Gewalt von uns ausgehend, wobei wir damit rechnen müssen, dass sich die Araber wehren werden. Allerdings denke ich, sie werden keinen Polizeieinsatz riskieren. Sie wollen ihre Gefangenen ja möglichst lautlos, ohne Aufsehen verschwinden lassen. Wir müssen zusehen, unser Risiko so gering wie möglich zu halten, dabei aber gutes

Material für unseren Film zu bekommen. Das ist der Plan, den ich mit unserem Kommissar Rottmann abgesprochen habe:

Zu Beginn des Empfangs gehen nur Rainer mit der Kamera und Sabrina mit der Bodycam hinein. Wir können das Bild, das Rainer aufnimmt, hier auf einem Monitor verfolgen. Er ist verkabelt und ich kann ihm Regieanweisungen geben. Erich Rottmann wird uns dann diesen Konsul zeigen, damit wir ihn alle später identifizieren können. Sabrina, Dich kennt er ja von den Verhandlungen im Rathaus. Du machst Dich an ihn ran und verwickelst ihn in ein Gespräch. Wenn Du dabei die Argumente Deines Dirndl-Dekolletés sprechen lässt, ist er sicher abgelenkt. Das wird von Deiner Bodycam übertragen, sodass wir hier auf dem Laufenden sind.

Sobald der Prinz ans Rednerpult tritt und seine Begrüßungsansprache hält, wird es ernst! Wahrscheinlich wird der Konsul die Ablenkung der Gäste nutzen wollen, um den Empfang zu verlassen, damit er die Gefangenen unauffällig abtransportieren kann. Sicher werden sie dabei nicht die auffälligen und schwerfälligen Limousinen benutzen. Laut Erich Rottmann fährt er einen Geländewagen, der auf dem Parkplatz in der Nähe des Nebeneingangs zum Refugium steht. Er hat ein Berliner Kennzeichen, ist also nicht zu verwechseln."

Er sah sich um, dann winkte er Heribert und Ulfi, die Mitproduzenten nach vorne. „Heribert, Ulfi, schnappt Euch aus den Requisiten einen Dolch, geht raus und stecht zwei Reifen von diesem Geländewagen platt. Das wird die Entführung der Gefangenen wirksam aufhalten!"

Weder Heribert noch Ulfi waren jetzt die Prototypen von Reifenschlitzern. „Meinst du wirklich … damit machen wir uns doch strafbar!", äußerte Heribert seine Bedenken. Ulfi stimmte ihm kopfnickend zu.

Schöpf-Kelle wurde ungeduldig. „Mein Gott, die haben

doch so viel Dreck am Stecken, dass sie mit Sicherheit deswegen nicht die Polizei rufen werden. Diese miese Sache
soll möglichst geräuschlos über die Bühne gehen. Los, jetzt
macht schon und lasst Euch nicht erwischen! Einer steht
Schmiere, der andere sticht zu. Mein Gott, muss man Euch
denn alles erklären!" Die beiden durchsuchten hastig einen
Koffer mit Requisiten und wurden fündig. Eilig verließen
sie das Zimmer.

Schöpf-Kelle fuhr mit seiner Erklärung fort: „Frau Stark,
die direkt am Prinzen dran ist, wird uns per Handy ein ‚Go'
geben, wenn der Zeitpunkt günstig ist. Sie verschwindet dann
unauffällig aus dem Gewölbekeller und trifft sich mit Erich
Rottmann, alias dem falschen Prinz Faisal, der von Euch beiden …", er wies auf Lukas und Josef, die beiden als Wächter
verkleideten Schauspieler, „… begleitet wird. Nehmt euch
aus der Requisite zur Sicherheit zwei Schreckschusspistolen
mit. Frau Stark wird dann, zusammen mit Prinz Faisal/Rott-
mann, die Wache am Eingang zum Refugium passieren und
den Wachsoldaten durch Handzeichen auffordern, Ihnen zu
der Gefangenensuite zu folgen." Seine Augen suchten Rottmann. „Können Sie Frau Stark eine entsprechende Nachricht
schicken, damit sie weiß, was zu tun ist?"

Rottmann hob den Daumen und zog sein Handy heraus.
Sofort begann er zu schreiben.

„Was ist, wenn die Eingangswache misstrauisch wird?
Keiner von uns spricht ein Wort arabisch!" Der Einwand von
Lukas war natürlich nicht unbegründet.

„Da gilt: Frechheit siegt! Herr Rottmann, Sie müssen einfach mit Elvira Stark am Arm schnurstracks an der Wache
vorbeimarschieren und sie mit sich locken. Die Kerle sind
so auf Gehorsam getrimmt, dass sie ihren Chef niemals
aufhalten werden. Erich, wenn Sie dabei den Kopf etwas

gesenkt halten, wird das Kopftuch das Gesicht weitgehend verdecken. Wenn es sich nicht vermeiden lässt, haltet ihr, Lukas und Josef, dem Kerl einfach die Pistolen unter die Nase … Dann alle rein in die Gefangenensuite. Laut Frau Stark befinden sich dort zwei Wachen. Die werden durch Prinz Faisal/Rottmann zuerst verwirrt sein. Lukas und Josef, ihr nutzt die Chance und fesselt alle drei mit Kabelbindern, die ihr mitnehmen müsst. Klebefolie auf den Mund, dann können sie nicht schreien. Anschließend alle raus aus dem Anbau und rein ins Fluchtauto, mit dem ich mit laufendem Motor vor dem Refugium warten werde. Wir nehmen unseren Kombi von der Filmproduktion. Der ist flott und hat genügend Platz. Rainer, Du hast Dich mittlerweile draußen postiert und nimmst die ganze Flucht auf, insbesondere mich hinter dem Steuer. Im Film schneiden wir das dann so zusammen, dass sich Axel Strick, verkleidet als *Aksal Ben Habl abu Aksal bin Habl* in das Umfeld des Prinzen eingeschlichen hat, um die beiden zu retten. Später, im *Dadord,* wird der Scheich tatsächlich von Erich Rottmann dargestellt. Sein Rollenname lautet: *Hadschi Iirik Omar Ben Hadschi Abul Abbas Ibn Hadschi Dawuhd al Gossarah.*" Er grinste. „Fand ich ganz pfiffig."

Rottmann verdrehte die Augen. Auch er hatte in seiner Jugend *Karl May* gelesen.

„Wir sehen zu", fuhr Schöpf-Kelle fort, „so viel Material wie möglich zusammenzubekommen. Später werden wir es uns schon zurechtschneiden. Was dann noch an Szenen und Übergängen fehlt, drehen wir nach" Er sah in die Runde. „Hat noch jemand Fragen?"

Heribert und Ulfi betraten wieder das Zimmer, zeigten mit erhobenen Daumen die geglückte Aktion an, dabei schoben sich beide nach vorne. „Hört sich alles super an", erklärte Heribert, „aber weißt Du, wo Du die beiden hinbringen willst? Ich denke, die aufgestochenen Reifen werden eine Verfolgung nicht sehr lange behindern. Die setzen doch Himmel und Hölle in Bewegung, um die beiden wieder einzufangen!"

Schöpf-Kelle starrte ihn betroffen an und wurde ganz blass. „Verdammt! Stimmt … das habe ich ganz vergessen … Es müsste ein Ort sein, wo uns keiner vermutet."

Es trat eine nachdenkliche Stille ein. Plötzlich trat Erich Rottmann ein Stück vor. „Ich werde Ihnen eine Adresse aufschreiben, dort sucht Euch bestimmt keiner." Er drängelte sich zum Schminktisch durch, griff sich einen Fetzen Papier und einen Kugelschreiber, dann schrieb er schnell einige Worte nieder. Er drückte Schöpf-Kelle den Zettel in die Hand. „Der Schlüssel liegt in einem Blumentopf rechts vom Eingang."

Schöpf-Kelle warf einen Blick darauf, zog verwundert die Augenbrauen in die Höhe, dann nickte er. „Danke." Er steckte das Papier ein, dann wandte er sich wieder an die Crew.

„Gut, das ist also auch geklärt. Dann wird Sabrina jetzt Rainer einen Presseausweis aushändigen. Rainer, Du gehst da rein, stellst Dich zu den anderen Presseleuten und beginnst sofort zu filmen. Sabrina, Du weißt, was Deine Rolle ist. Sobald sich der Konsul von Dir nicht mehr aufhalten lässt, schickst Du mir eine Nachricht aufs Handy. Ich warte draußen mit laufendem Motor im Auto." Er hob die Faust. „Leute, das wird ein großer Film!" Alle klatschten begeistert Applaus.

Rottmann stellte für sich fest: Dies hier war eindeutig eine Gruppe von Verrückten, mit denen er sich auf den größten Irrsinn seines Lebens eingelassen hatte. Er warf einen Blick zum Fenster. Wenn er sich nicht sehr täuschte, verfinsterte sich der Himmel deutlich und er konnte in der Ferne Blitze erkennen. Stellte sich die Frage, ob ein Gewitter für ihr Unternehmen günstig oder ungünstig war …?

Der Empfang fand im geräumigen Gewölbekeller des Schlosshotels statt. Konsul Abdel Wahab, der sich zusammen mit dem Hotelmanagement um die Organisation gekümmert hatte, trug heute ebenfalls die weiße Kleidung der Beduinen samt Kopftuch. Der größte Teil der Wachmannschaft in gleicher Kleidung verteilte sich im Raum und am Eingang und beobachtete die Gäste. Ein Mitarbeiter des Schlosshotels kontrollierte am Eingang die Einladungskarten der Gäste. Er ging dabei nicht sehr sorgfältig vor, wie Elvira Stark mit einem schnellen Blick registrierte.

Der Konsul stand in der Mitte des Raumes an der stabilen, tragenden Säule und hielt das Geschehen im Blick. Er hatte den strikten Befehl, die beiden Gefangenen erst wegzubringen, während der Oberbürgermeister seine Rede hielt. Jegliche Art von Aufsehen war dabei unter allen Umständen zu vermeiden.

Der Gewölbekeller besaß zwei kleine Fenster, durch die man vereinzelt Blitze erkennen konnte. Anscheinend näherte sich ein Gewitter.

Der Oberbürgermeister und die anderen Gäste, in erster Linie Stadträte und Firmenvertreter, trafen nun zügig ein. Der Prinz und das Stadtoberhaupt begrüßten die Gäste in der Nähe des Eingangs. Elvira stand hinter dem Prinzen und nickte ihr bekannten Gästen zu. Der eine oder andere gab ihr die Hand. Mittlerweile hatte SKH das Geheimnis um seine Deutschkenntnisse gelüftet. Womit er natürlich alle Anwesenden überraschte. Der Pressesprecher hielt sich hinter dem Prinzen und flüsterte ihm diskret die Namen der Gäste und ihre Funktion ein. Der Gewölbekeller füllte sich immer mehr. Elvira Stark nutzte die Gelegenheit und warf vorsichtig einen Blick auf ihr Handy. Sie erschrak! Hier in diesem Gewölbe mit den dicken Steinmauern gab es offenbar keinen Empfang! Alle Gäste erhielten zur Begrüßung ein Glas Franken Secco und verteilten sich, sich unterhaltend, im Raum. Plötzlich entdeckte sie Sabrina Schmätzle-Eifrig, die Chefsekretärin des Oberbürgermeisters, im Dirndl, die sich engagiert mit dem Konsul unterhielt. Elvira bewegte sich unauffällig mit ihrem Glas in Richtung des Eingangs. Direkt davor sah sie erneut auf das Display. Sie atmete auf, hier hatte sie wenigstens einen Strich Empfang. Aber bisher war noch keine Nachricht eingegangen. Sie blieb gleich an dieser Stelle stehen, weil es dann leichter war, sich bei Bedarf unauffällig zu entfernen.

Als Gastgeber dieses Empfangs redete der Prinz zuerst. Er stieg die Stufen zu einer kleinen Bühne hinauf und trat hinter das Rednerpult. Langsam trat Ruhe ein. Er sprach einige Begrüßungsworte an die Adresse des Oberbürgermeisters und der anderen Gäste. Als der erste Applaus aufbrandete, griff Elvira unauffällig in ihr Täschchen, aktivierte ihr Handy und schickte erfolgreich einen *Daumen hoch* an Rottmann. Sie überzeugte sich davon, dass die Nachricht rausgegangen war, daraufhin verließ sie diskret den Gewölbekeller. Der Hotelbedienstete am Eingang beachtete sie kaum, zumal immer noch vereinzelt Gäste als Nachzügler ankamen, deren Einladungen er kontrollieren musste. Rainer, der Kameramann, der sie nicht aus den Augen gelassen hatte, schloss sich kurz darauf an.

Einen Augenblick später war Elvira im Freien zwischen Hauptbau und Refugium. Von der Wache am Refugium nicht einsehbar. Blitz und Donner begrüßten sie. Der Himmel war mit dunklen Wolken verhangen, der Wind hatte massiv aufgefrischt. Das Wetter schien zügig näher zu kommen. Sie zog ihr Schultertuch fester über der Brust zusammen. Einen Moment später ging alles Schlag auf Schlag, als hätte ein unbekannter Strippenzieher einen unsichtbaren Theatervorhang geöffnet. Prinz Faisal, alias Erich Rottmann, gefolgt von den beiden arabischen Wachen, Lukas und Josef, stießen, vom Hauptgebäude kommend, zu ihr. Einen Augenblick dachte sie wirklich, das Original vor sich zu haben, so täuschend echt wirkte Rottmann. Dicht hinterher kam Schöpf-Kelle, alias Axel Strick, in der Maske des *Aksal Ben Habl abu Aksal bin Habl*. Er winkte kurz, dann stürmte er mit wehendem Gewand über den Parkplatz auf das Fahrzeug der Filmproduktion zu. Rainer verfolgte ihn mit dem Objektiv seiner Kamera.

„Alles klar, Elvira?", stieß Erich Rottmann hervor.

„Ja, bis auf die Tatsache, dass ich total aufgeregt bin."

„Dafür ist jetzt keine Zeit", gab Rottmann zurück, „it's Showtime!"

Entschlossen hängte sie sich bei ihm ein, dann marschierten sie um die Ecke herum auf den Eingang des Nebengebäudes zu. Wieder zuckten mehrere Blitze nieder, gefolgt von näherkommendem Donnergrollen. Rahim, dem derartige Wetterereignisse völlig fremd waren, blickte fasziniert zum Himmel. Erst im letzten Moment entdeckte er den Prinzen, der in höchster Eile, zusammen mit dieser deutschen Frau, die ihn in den letzten Tagen häufig begleitete, an ihm vorüberstürmte. Er kam nicht einmal dazu zu grüßen. Dicht hinter den beiden zwei Kollegen aus der Wachmannschaft. Es musste etwas geschehen sein! Ehe er jedoch misstrauisch werden konnte, weil er die beiden nicht kannte, hielten sie ihm Pistolen ins Gesicht und stießen ihn grob vor sich her ins Haus. Als er automatisch zu seinem Dolch am Gürtel griff, hielt einer der Männer seinen Finger an die Lippen, das internationale Zeichen für Stillschweigen … und nahm ihm mit einem Handgriff die Waffe weg. Der andere unterstrich diese Aufforderung, indem er demonstrativ den Hammer seiner Waffe spannte. Da Rahim das Geschehen nicht einordnen konnte, fügte er sich. Offenbar geschah das alles mit dem Einverständnis des Prinzen.

Die Gruppe, geführt von Elvira, erreichte die Suite Shirins. Auf dem Flur stand keine Wache, da sie, wie sie wussten, in der Suite die Gefangenen festhielt. Alle anderen Wachsoldaten waren beim Empfang eingesetzt. Der Pseudo-Prinz klopfte lautstark an die Tür.

Die Tür öffnete sich vorsichtig und der Kopf von Jamira sah heraus. Sie erkannte sofort den falschen Prinzen.

„Lass uns bitte rein", bat Elvira leise. Blitzschnell zog die intelligente junge Frau ihre Schlüsse, öffnete die Tür und trat beiseite. Im Pulk stürmten alle die Suite. Erich Rottmann erfasste mit einem Rundumblick die Lage: Der Wachposten stand am Fenster und war völlig überrumpelt. Wie hypnotisiert fixierte er die auf ihn gerichteten Schusswaffen. Lukas und Josef warteten nicht, bis er sich gefasst hatte. Sie stießen ihren Gefangenen in den Raum und bedeuteten ihm und seinem Kameraden, sich auf den Boden zu legen. Lukas zog Kabelbinder und Klebeband unter seinem Gewand hervor und begann die Männer zu fesseln und zu knebeln, während Josef sie mit der Waffe in Schach hielt.

Elvira wandte sich an Jamira. „Sag ihnen bitte, sie sollen keine Schwierigkeiten machen, dann wird ihnen nichts geschehen."

Shirin saß am Kopfende des Bettes. Man hatte ihr offenbar den Knebel und die Fesseln abgenommen. Mit weit aufgerissenen, ungläubigen Augen beobachtete sie die Szene. Ängstlich legte sie die Arme um ihre Knie. Jamira versuchte sie mit hastigen Worten zu beruhigen.

„Wo ist Yusuf?", fragte Elvira Jamira drängend. „Schnell, schnell, wir haben keine Zeit!"

Jamira zeigte auf die Badezimmertür. Rottmann riss die Tür auf. Der junge Mann saß am Boden und drückte sich, an Händen und Füssen gefesselt, ängstlich in eine Ecke zwischen

Dusche und WC. Wahrscheinlich dachte er, sein letztes Stündlein sei gekommen.

„Josef, komm her, nimm ihm den Knebel ab und schneide ihn los!", rief Rottmann. „Die Reden werden nicht ewig dauern."

Währenddessen erklärte Elvira Jamira hastig, was hier gerade passierte. Die junge Frau verstand schnell und es ging ein Leuchten über ihr Gesicht. „Erklär bitte Shirin und Yusuf, was wir vorhaben", forderte Elvira sie auf. Sie überlegte eine Sekunde, dann hatte sie eine Idee. „Willst Du die beiden nicht auf der Flucht begleiten? Du könntest dann übersetzen."

Jamira musste nicht lange überlegen. Es war ihr klar, dass sie, wenn sie blieb, der gesamte Zorn ihres Herrn treffen würde. Schnell erklärte sie ihr Einverständnis. Die gefesselten und geknebelten Wachen wurden in den Räumen verteilt, damit sie sich nicht so schnell gegenseitig befreien konnten. Fünf Minuten später verließen alle wie sie gingen und standen die Suite und hasteten über den Flur in Richtung Ausgang. Josef zog die Tür der Suite von außen zu.

Ohne Zwischenfälle erreichten sie den Ausgang. Blitz und Donner empfing sie, als Shirin, Yusuf und Jamira in Begleitung von Lukas und Josef zum Fluchtauto hetzten, das mit laufendem Motor und offenen Türen auf der Straße vor dem Refugium wartete. Kaum waren sie eingestiegen, legte Schöpf-Kelle einen Kavalierstart hin und raste mit durchdrehenden Reifen davon. Rainer hatte alles im Kasten und beeilte sich, ins Haupthaus zu kommen, da die ersten schweren Tropfen fielen. Als er mit der Kamera den Gang entlangeilte, kam ihm Konsul Abdel Wahab mit Achmed und einem weiteren Wachmann entgegen. Rainer lächelte ihm freundlich zu und beeilte sich, an den drei Männern vorbeizukommen. Der Konsul blieb einen Moment stehen und sah dem Kameramann verwundert hinterher. Was hatte der hier, abseits des Empfangs, zu suchen? Ein schrecklicher Verdacht schoss ihm durch den Kopf. Er rief seinen Männern einen knappen Befehl zu, worauf sie wie wild nach vorne in Richtung Refugium hetzten. Als dort keine Wache stand, stürzten sie auf die Straße und sahen gerade noch, wie das Fluchtfahrzeug in der Ferne in Richtung Würzburg davonraste. Der Konsul erkannte Erich Rottmann, verkleidet als Prinz, Elvira an seiner Seite, Lukas und Josef in Beduinengewändern und schaltete blitzschnell. Er stieß einige scharfe Befehle aus und rannte mit seinen beiden Männern zum Geländewagen der Botschaft.

Erich Rottmann hatte es plötzlich eilig. Ihm war klar, wenn der Konsul die plattgestochenen Reifen sah, würde er seine Schlüsse ziehen. Er drehte sich hastig zu Elvira um. „Wir beide verschwinden jetzt besser von hier!" Sie folgte ihm in Richtung seines Käfers. Während sie davoneilten, erklärte Rottmann schwer atmend: „Schöpf-Kelle hat von mir die Anschrift Deines Wochenendhauses bei Bad Staffelstein bekommen. Dort wird sie bestimmt keiner suchen … Ich hoffe, Du bist damit einverstanden."

Ehe sie noch eine Antwort geben konnte, entdeckte sie den Konsul, der mit wutverzerrtem Gesicht hinter ihnen hereilte.

„Erich, pass auf!", konnte sie noch sagen, dann hatte der Konsul Erich Rottmann schon gepackt und zerrte ihn in Richtung Refugium. Rottmann wehrte sich zwar, aber der Araber war stärker. Außerdem wurde er von dem ungewohnten Gewand massiv behindert.

„Elvira, verschwinde! Bring Dich in Sicherheit! Schnell!", konnte er der völlig verdatterten Frau gerade noch zurufen, dann war er im Haus verschwunden. Elvira wusste zunächst nicht, was sie machen sollte. Wie konnte sie Erich helfen? Sie konnte ihn doch nicht einfach so im Stich lassen!

Während der Exkommissar den Konsul mit feinsten unterfränkischen, untergürtellinigen Schimpfwörtern bedachte, wurden Lukas und Josef von Achmed und seinem Kameraden ebenfalls ins Haus abgeführt.

Ein Donnerschlag ließ die Luft vibrieren. Elvira zwang sich zu rationalem Denken. Sie musste zurück zum Empfang! In Gegenwart des Oberbürgermeisters und der Würzburger Prominenz würde man sich nicht erlauben, Hand an sie zu legen.

Innerlich völlig aufgewühlt, gesellte sich Elvira wieder zu den Gästen. Sie musste sich sehr zusammenreißen, um sich nichts anmerken zu lassen. Der Prinz beendete ein Gespräch mit einem ihr unbekannten Mann und kam her zu ihr. „Frau Stark, ich habe sie vermisst!"

„Entschuldigen Sie bitte, königliche Hoheit, aber ich hatte auf meinem Zimmer etwas zu erledigen. Lange war ich aber nicht weg." Sie zwang sich zu einem freundlichen Lächeln und wechselte das Thema: „Läuft hier alles zu Ihrer Zufriedenheit? Können Sie gute Gespräche führen?"

In diesem Augenblick läutete das Mobiltelefon des Prinzen. Er warf einen Blick auf das Display, dann drehte er sich von Elvira weg und meldete sich leise.

„Abdel Wahab", verstand sie, den Rest nicht, da er arabisch sprach. Dann schwieg er eine ganze Zeitlang und hörte nur zu. Seine Miene verhärtete sich während des Gesprächs immer mehr. Er suchte Elvira und durchbohrte sie mit seinem Blick. Sein Zorn war unübersehbar.

Ihr war klar, jetzt wusste er Bescheid. Ganz langsam verdrückte sie sich durch die Menge in Richtung Ausgang des Haupthauses. Da hörte sie seine Stimme dicht hinter sich: „Frau Stark", rief er gerade so laut, dass die umstehenden Gäste nicht aufmerksam wurden, „Sie bleiben bitte stehen! Sie haben mir einiges zu erklären!"

„Ich fürchte, das muss noch warten", gab sie zurück und stellte sich mit wenigen Schritten dicht neben den Oberbürgermeister, der in ein Gespräch mit einem Mann im Trachtenanzug vertieft war. OB Schluckthardt sah sie irritiert an.

„Entschuldigung, Herr Oberbürgermeister", stieß sie hervor, „ich habe einen Anruf bekommen, ich muss leider dringend weg."

„Ja, ja, machen sie das", gab er beiläufig zurück, dann redete er weiter.

Plötzlich entdeckte sie in der Menge Sabrina Schmätzle-Eifrig, die sich mit dem Kameramann unterhielt, der vorhin auch auf der Straße gefilmt hatte. Sie näherte sich der Kollegin.

„Sabrina, bitte wundern Sie sich nicht über das, was ich Ihnen jetzt sage." Auch der Kameramann war ganz Ohr. „Sie werden es nicht glauben, aber der Prinz hält in seinen Räumen Erich Rottmann gefangen! Ich kann Ihnen das jetzt nicht im Einzelnen erklären, aber sorgen Sie bitte dafür, dass er wieder befreit wird. Der Prinz ist nicht so harmlos, wie es scheint! Bitte!"

Ohne auf eine Bestätigung zu warten, entfernte sich Elvira weiter zum Ausgang. Mit einem Blick konnte sie sich davon überzeugen, dass der Prinz mit Handy am Ohr auf dem Weg zum Refugium war. Viel Zeit würde ihr wohl nicht bleiben. Sie musste von hier verschwinden! Vielleicht stand draußen ein Taxi. Viele Gäste waren mit Taxis erschienen und würden vermutlich auch mit solchen abfahren. Elvira verließ das Hotel in Richtung Parkplatz. Sofort prasselte der Regen auf sie nieder. Das Gewitter war in vollem Gange. Sie biss die Zähne zusammen. Sie hatte keinen Zweifel daran, wenn der Prinz mit seinen befreiten Wachsoldaten gesprochen hatte, würde er ihr einige unangenehme Fragen stellen wollen. Es war vermutlich nur eine Frage von Minuten, bevor er jemand hinter ihr herschickte, um sie zu ihm zu bringen.

Der Sturm zerrte an ihren kurzen, kastanienbraunen Haaren und trieb ihr Tränen in die Augen. Binnen kurzer Zeit löste sich die Kajalschminke ihrer Augen in Wohlgefallen auf und lief ihr in dunklen Streifen über die Wangen. Ohne zu überlegen, wischte sie mit dem Schultertuch über ihr Gesicht. Nach kurzer Strecke kam sie an das Ende der Hotelanlage. Dann sah sie hinter sich auf Höhe des Refugiums ihren Verfolger. Der Mann im weißen Kaftan kam trotz des Sturmes erschreckend schnell voran.

D er Konsul brachte Erich Rottmann, Lukas und Josef zu Shirins Suite. Als er die beiden gefesselten Wachsoldaten entdeckte, schrie er vor Wut laut auf und gab Rottmann einen Tritt in die Kniekehlen. Der Exkommissar fiel seitwärts in einen der Sessel.

„Idiot!", fauchte Rottmann und kämpfte mit dem hinderlichen Gewand. Wütend riss er sich das Tuch vom Kopf.

Der Konsul befahl seinen Männern, die Gefesselten zu befreien, was die nicht sehr zimperlich erledigten. Die Wachsoldaten steckten den einen oder anderen Schlag ein. Zwischenzeitlich hatte der Konsul telefoniert. Danach stellte er sich vor die befreiten Soldaten, die vor Angst schlotternd vor ihm standen und redete auf sie ein. Es war unschwer zu erraten, was er von ihnen wissen wollte. Minuten später stürmte der Prinz in die Suite. Sofort erfasste er die Lage. Er musterte Rottmann mit einem bösen Lächeln, dann zischte er: „Bei dieser Versammlung sollte doch wohl die gute Frau Stark dabei sein … Ich denke, dann sollten wir sie mal hierherbitten, damit wir uns nett unterhalten können." Mit wenigen Worten gab er dem Konsul einen Befehl. Einen Augenblick später stürmte Achmed aus dem Raum. Es war für Rottmann unschwer zu erraten, welchen Auftrag der Soldat hatte. Der ehemalige Leiter der Würzburger Mordkommission kam sich sehr hilflos vor.

Spontan suchte Elvira am Wegrand Deckung zwischen den Zweigen eines Busches. Der sekündlich rollende Donner und das Rauschen des Regens auf den Blättern der Pflanzen überdeckten alle Geräusche, die sie dabei verursachte. Sie zuckte kurz, weil sie sich dummerweise einen Schlehenstrauch ausgesucht hatte, dessen Dornen sich schmerzhaft durch ihr Gewand bohrten. Mit zusammengebissenen Zähnen befreite sie sich mühsam. Mit aufgerissenen Augen versuchte sie die Wasserwand zu durchdringen, die ihre bisherige Fluchtstrecke vernebelte. Dann sah sie die Konturen ihres Verfolgers, die sich schemenhaft im Licht eines Blitzes aus dem Regen herausschälten. Sie ahnte, wer ihr da folgte und sie verspürte Angst. Der Mann war ein ausgebildeter Soldat. Ihr in jeder Beziehung körperlich überlegen. Vor ihr folgte der Weg einer Biegung, bevor er sich erneut gabelte. Wenn sie diese Stelle erreichte, würde sie fürs Erste den Blicken ihres Verfolgers entzogen sein. Nach dem nächsten Blitz rannte sie los. Einen Steinwurf weiter drückte sie sich gegen die glitschige Rinde einer Buche und sicherte den Weg zurück. Von Rottmann konnte sie keine Hilfe erwarten. Es gab keine andere Lösung, sie musste die Polizei verständigen. Hektisch tastete sie nach ihrem Handtäschchen, in dem sie auch ihr Mobiltelefon mit sich führte. Der Schrecken war groß, als sie bemerkte, dass die Tasche weg war. Einfach verschwunden! Sie musste sie vorhin, als sie sich aus dem Busch befreite, verloren haben. Zurück konnte sie nicht. Mit aller mentalen Kraft kämpfte sie erneut gegen die aufkommende Panik. Sich wieder gegen das Unwetter stemmend, eilte sie, der Mauer und dem asphaltierten Weg folgend, weiter. Sie hätte auch nach links einem unbefestigten Weinbergpfad folgen können, wusste aber, dass die Hänge hier *am Stein* extrem steil waren. Für eine Frau mit hohen Schuhen und Dirndl praktisch unüberwindbar. Sie hoffte darauf, irgendwo weiter vorne, in einem der dort stehenden Häuser, jemanden zu finden, der sie ins Tal nach Unterdürrbach hinunterbringen konnte. Plötzlich ertönte dicht vor ihr ein lautes Krachen und aus einer großen Eiche schlug ein langer Ast, der dem Druck des Windes nicht standhielt, unweit von ihr auf dem Boden auf. Ihr entfuhr ein erschrockener Laut. Das war knapp! Der nächste Blitz zeigte ihr erneut ihren Verfolger. Er war auf der richtigen Fährte! Der Mann war zwar noch immer mehr als hundert Meter von ihr entfernt, holt aber stetig auf. Es bremste ihn etwas, weil er immer wieder prüfende Blicke in den Unterwuchs am Wegrand warf. Vermutlich nahm er an, sie würde sich dort verstecken. Sie beschleunigte, soweit dies ihr möglich war. Die Mauer links von ihr war undurchlässig, zeigte keine Öffnung. Rechts tauchte ein unbefestigter Platz, eine Art Wendehammer auf. Links von ihr ein altes Haus aus Kalksteinen. Die Fenster mit Holzläden verschlossen, wirkte es verlassen. Hier war keine Hilfe zu erwarten. Sie hetzte weiter. Plötzlich tauchte aus der Wasserwand, unvermittelt vor ihr, ein eigenartiges Gebilde auf. Eine Art Pavillon. Sie erschrak. Offenbar war hier der Weg zu Ende. Sie trat ein. Für einen Moment war sie vor dem Regen geschützt. Der wie eine Kanzel wirkende Aussichtspunkt stand auf einem Vorsprung, dessen Basis ein Rundsockel aus Kalksteinen bildete. Sie musterte das Zeltdach aus Metall, das auf durchbrochenen kunstgeschmiedeten Eisengitterstützen ruhte, die untereinander mit einem Metallgeländer verbunden waren. Zurück konnte sie nicht, der Verfolger war ihr dicht auf den Fersen. Sie warf einen Blick übers Geländer. An der niedrigsten Stelle zwischen Geländer des Pavillons und dem Erdboden war eine Höhe von maximal zwei Metern zu überwinden. Sie würde sicher stürzen, aber dann hoffentlich von den Sträuchern einer Böschung aufgefangen werden. Da sah sie das weiße Gewand ihres Verfolgers am Anfang des gepflasterten Weges zum Aussichtspunkt auftauchen. Also, keine Zeit für Überlegungen! Sie überwand das Geländer und rutschte mit ihren Schuhen an der Steinmauer nach unten. Die Strumpfhose riss und die rauen Kalksteine hinterließen auf ihren Beinen blutige Kratzer. Dreißig Zentimeter vom Boden entfernt ließ sie das Geländer los. Die Pflanzen der Böschung fingen sie auf. Sie stürzte nach hinten und landete schließlich auf dem Gesäß, nur einen Meter vom Pfad entfernt. Sofort rappelte sie sich auf, um auf die Beine zu kommen. Mit einem schnellen Blick nach oben sah sie im grellen Licht des nächsten Blitzes ihren Verfolger.

Sabrina und Rainer waren von der hastig hingeworfenen Nachricht von Elvira Stark ziemlich schockiert. Sie waren sich aber sicher, die Sache war absolut ernst zu nehmen und verlangte schnelles Handeln. Sie verständigten sich kurz, dann eilten sie zurück in das Zimmer der Filmcrew. Eiligst riefen sie eine Besprechung ein.

„Ich weiß nicht, was wir da unternehmen können", warf Heribert Dunstig ein. „Sollen wir die Polizei verständigen?"

Rainer Proksch nahm seine Kamera hoch. „Das ist doch eine wunderbare Gelegenheit, reale Bilder in den Kasten zu bekommen. Das wäre sicher auch im Sinne von Schöpf-Kelle. Was haltet ihr von folgendem Plan …" Er sah Geronimo Schlitzer, der den Kriminalhauptkommissar Raabe verkörperte, Pascal Reiter, den Darsteller von Polizeihauptmeister Fred Greifer, und Erika Blume, Darstellerin von Polizeimeisterin Susi Löcklich, direkt an. „Raabe tritt in seiner Rolle als Kriminalhauptkommissar auf. Begleitet wird er von Greifer und Löcklich, die mit ihren Polizeiuniformen seinen Auftritt realistischer erscheinen lassen. Alles schön ernst, alles offiziell wirkend. Also, Raabe zeigt seinen Dienstausweis vor und verlangt kategorisch, die Suite betreten zu dürfen. Begründung, bei der Polizei sei eine telefonische Anzeige eingegangen."

„Die merken doch, dass der Dienstausweis ein Fake ist!", warf Pascal ein.

„Mein Gott, ihr müsst halt entsprechend forsch auftreten! Sicher wollen sie keinen Ärger mit der Polizei riskieren. Rottmann wird sich drinnen schon bemerkbar machen, wenn ihr vor der Tür steht. Dann rein, einen richtigen Zauber veranstalten und die Gefangenen rausholen. Die Araber dürfen gar nicht zum Nachdenken kommen. Wenn sie befreit sind, bringt ihr sie gleich hierher. Hier sind sie in Sicherheit."

„Was machen mir mit dem Prinzen und seinen Leuten?", wollte Ulfi Pinzetti wissen.

„Gar nichts", gab Rainer zurück. „Ich kann mir nicht vorstellen, dass er nach dem ganzen Theater noch Lust hat, hier den Investor zu spielen. Die sollen dann machen, was sie wollen …, … wenn sie uns nur in Ruhe lassen." Er sah in die Runde. „Also, los, verlieren wir keine Zeit! Ich bin hinter euch und halte mit der Kamera drauf!"

Der Mann auf der Aussichtsplattform blickte triumphierend auf sie herab, während er sich daran machte, ihr zu folgen. Wut kochte in ihr hoch! Sollten ihre ganzen Mühen umsonst gewesen sein? Am Rande des Weinbergs, der sich jenseits des Weges talwärts erstreckte, lagen einige metallene Weinbergpfähle, zwei Meter lange U-Profile. Da kugelte ihr Widersacher auch schon mit einem heiseren Schrei die Böschung herunter. Das Beduinengewand war für derartige Aktionen denkbar ungeeignet. Hastig versuchte er, auf die Beine zu kommen. Elvira Stark war aber zwischenzeitlich nicht untätig geblieben. Mit dem Mut der Verzweiflung schnappte sie sich einen der Metallpfähle und hob das Gewicht in die Höhe. Mit einer schwungvollen Kreisbewegung schlug sie dann den Pfahl ihrem Verfolger entschlossen seitwärts gegen den Kopf. Dabei stieß sie mehrere wilde Schreie aus, die ihre Wut und Verzweiflung zum Ausdruck brachten. Ihr Verfolger brach wie vom Blitz getroffen zusammen und rührte sich nicht mehr. Keuchend stand Elvira Stark mit wildem Gesichtsausdruck über ihren Widersacher gebeugt, bereit, jederzeit noch einmal zuzuschlagen. Doch das war nicht nötig. Der Mann lag völlig still. Vorsichtig, den Pfahl einsatzbereit in der Hand, näherte sie sich dem bewegungslosen Araber. Sofort sah sie das Blutrinnsal, das über die Wange des Niedergeschlagenen auf den Weg lief und sich mit der Nässe des Bodens vermischte. Zaghaft legte sie ihre Finger an seine Halsschlagader. Sie atmete hörbar auf, als sie deutlich seinen Herzschlag fühlte. Kurz entschlossen band sie ihre Dirndlschürze ab und fesselte ihm mit dem Schürzenband seine Hände auf dem Rücken zusammen. Mit der Kordel, die sein Kopftuch hielt, band sie seine Füße. Dabei zog sie ihm, einer spontanen Eingebung folgend, die Schuhe aus und warf sie den Weinberghang hinunter. Während sie seine Füße fesselte, entdeckte sie betroffen den Revolver, den er in einem Holster am Knöchel trug. Mit spitzen Fingern zog sie die Waffe heraus und warf sie den Schuhen hinterher. Als sie das Mobiltelefon in einer der Taschen seines Gewands fand, jubelte sie innerlich. Jetzt konnte sie Hilfe herbeibitten. Sie tippte Erich Rottmanns Nummer, die sie auswendig wusste, in die Tastatur. Es läutete, aber der Anruf landete auf der Mobilbox. Sie hinterließ eine dringende Nachricht. Mit zusammengebissenen Zähnen marschierte sie los. Ihre Füße schmerzten und die Kratzer an den Beinen brannten. Die Nässe des Dirndls jagten ihr Schauer über den ganzen Körper. Doch sie ignorierte ihre körperlichen Beschwerden. Sie wollte nur noch weg von hier!

Erich Rottmann saß, innerlich vor Wut kochend, auf dem Sessel in Shirins Suite. Man hatte ihm nicht einmal die Hände gefesselt, was er als eine Art Geringschätzung seiner Männlichkeit betrachtete. Die Kerle hielten ihn offenbar für harmlos. Hingegen waren Lukas und Josef die Hände auf dem Rücken verschnürt. Die drei befreiten Wachsoldaten hatten sich auf die Gefangenen verteilt und ließen sie keine Sekunde aus den Augen. Sie hatten allen die Handys weggenommen. Rottmann ging mit sich selbst hart ins Gericht, weil es ihm nicht gelungen war, Elvira zu beschützen. Hoffentlich konnte sie entkommen! Elvira war durchaus in der Lage, Hilfe zu organisieren. Der Prinz hatte sich mit dem Konsul in eine Ecke zurückgezogen und redete erregt auf ihn ein. Abdel Wahab wirkte zerknirscht und hörte unterwürfig zu. Es war unschwer zu erraten, was der Prinz ihm mitteilte.

In diesem Augenblick klopfte es hart und vernehmlich an die Tür. Der Konsul eilte, um zu öffnen, vermutlich erwartete er Achmed mit seiner Beute. Erstaunt riss er die Augen auf, als er zwei Männer und eine Frau vor sich sah, wobei die Frau und ein Mann Polizeiuniformen trugen. Der Zivilist hielt einen Ausweis in die Höhe.

„Kriminalpolizei, Raabe! Wir haben eine Anzeige bekommen, hier würden Personen gegen ihren Willen festgehalten. Treten Sie bitte zur Seite, damit wir das überprüfen können!"

Der Konsul versuchte schnell, den vermeintlichen Polizisten die Tür zu verstellen, aber ehe er protestieren konnte, wurde er von Raabe zur Seite geschoben.

„Was fällt Ihnen ein ...", schimpfte der Prinz und trat einen Schritt nach vorne, „... wir genießen diplomatische Immunität!"

„... und was ist das?", donnerte Raabe in den Raum. Er wies mit der Hand auf Lukas und Josef, die an den Händen gefesselt auf dem Boden saßen. Greifer und Löcklich hatten sich rechts und links von Raabe aufgebaut und legten demonstrativ ihre Hände auf ihre vermeintlichen Dienstwaffen. Es wusste ja keiner, dass es sich um Schreckschusswaffen aus dem Filmfundus handelte, die allerdings echten Waffen täuschend ähnlich sahen. Nicht einmal Rottmann, der sich von seinem Sessel erhoben hatte, zweifelte in diesem Moment an der Ernsthaftigkeit der Vorstellung. Die Bewegungen der Araber erstarrten zum Standbild.

„Herr Rottmann, sind sie freiwillig hier?", fragte Raabe den Exkommissar, der schon auf dem Weg zur Tür war. Dabei steckte er sein Handy ein, das auf einer Kommode lag.

„Denk nit dran!", gab Rottmann zurück und marschierte an dem zur Salzsäule erstarrten Prinzen vorbei. Dabei konnte er es sich nicht verkneifen, ihm mit dem Ellbogen in die Seite zu stoßen. „Tschuldigung, Euer Merkwürden!", brummte er, dann war er draußen. Lukas und Josef eilten mit gefesselten Händen hinterher.

Raabe warf einen Blick in die Runde. „Meine Herren, Sie verlassen keinesfalls diesen Raum! Verstärkung ist hierher unterwegs! Meine Kollegen werden draußen Wache halten."

Er tippte sich mit dem Zeigefinger an die Stirn, dann verließ er, rückwärtsgehend, die Suite. Die beiden Uniformierten folgten ihm.

Rainer ließ auf dem Flur seine Kamera sinken und zischte: „Los, Leute, nichts wie weg, ehe die Kerle den Bluff merken." Er hatte alles im Kasten.

Rottmann verabschiedete sich von der Crew und eilte zu seinem Käfer.

Unterwegs riss er sich die Beduinenklamotten vom Leib, darunter trug er Rottmannzivil. Er stopfte das Gewand in einen Abfalleimer am Ausgang. Öchsle begrüßte seinen Menschen stürmisch. Er war es nicht gewohnt, so lange im Auto eingesperrt zu sein. Während Rottmann den Motor startete, beobachtete er zahlreiche Menschen, die gerade das Haupthaus des Hotels verließen und mit ihren Autos davonfuhren. Der Empfang war offenbar zu Ende. Das Gewitter hatte nachgelassen, es regnete aber noch immer.

Rottmann schaltete den Scheibenwischer an und reihte sich in die Fahrzeugschlange ein. Er wollte möglichst schnell möglichst viele Kilometer zwischen sich und das Schlosshotel bringen. Auf Höhe des Rothofs, einem Landwirtschaftsgut, hielt er an und nahm sein Handy in die Hand. Mit einem Blick auf das Display stellte er fest, dass er eine Mitteilung von einer ihm unbekannten Nummer auf der Mailbox hatte. Irgendeine innere Stimme veranlasste ihn, die Nachricht abzuhören. Der Klang von Elviras Stimme trieb ihm das Adrenalin ins Blut. Offenbar war sie bei diesem Anruf unter erheblichem Stress gestanden. Mit zittriger Stimme bat sie ihn dringend, er möge sie abholen, sie sei auf der Flucht vor einem Wachmann des Prinzen. Sie wäre durchnässt und verletzt in den Weinbergen in der Nähe des Löwen am Stein auf der Flucht und würde versuchen, das *Weingut am Stein* zu erreichen. Rottmann wollte sofort zurückrufen, aber das war nicht möglich, denn sie hatte mit unterdrückter Nummer telefoniert. Er sah auf die Uhrzeit des Anrufs. Mittlerweile war so viel Zeit vergangen, dass sie wohl das Weingut fast erreicht haben dürfte. Erich Rottmann überlegte kurz, dann lenkte er den Käfer in Richtung Oberdürrbach. Zurück zum Hotel konnte er nicht, das war zu gefährlich. Fünfundzwanzig Minuten später erreichte er das Weingut. Das Gewitter hatte sich vollständig in Richtung Karlstadt verzogen, es regnete allerdings immer noch ergiebig. Als Rottmann am Weingut eintraf, war von Elvira weit und breit nichts zu sehen. Der Exkommissar zögerte nicht lange und fuhr über den Weinbergweg weiter in Richtung Steinburg. Nur eine kurze Strecke weiter trat Rottmann heftig auf die Bremse. Fast hätte er das kleine Häuflein Elend übersehen, das auf einer in die Weinbergmauer eingelassenen Treppe zusammengekauert saß. Elvira Stark! Beim Aussteigen griff er nach hinten und holte vom Rücksitz eine Decke.

„Mein Gott, Elvira, wie siehst Du denn aus …?", rief er entsetzt, ging zu ihr hin und zog sie auf die Füße. Sie war triefend nass, ihr Haar ging ihr in Strähnen ins Gesicht, die Schminke war verlaufen, ihre Lippen waren blau, so fror sie, und ihre Zähne klapperten. Schnell packte er sie in die Decke und setzte sie auf den Beifahrersitz. Öchsle rollte sich auf ihren wunden Füßen zusammen. Sein Beitrag, um ihre Lebensgeister wieder zu wecken.

„Du musst heim und sofort aus den Klamotten und in die Badewanne!", stellte Rottmann fest und warf sich hinter das Steuer. Das Problem war, er konnte auf dem engen Weinbergweg mit links und rechts Mauern nicht wenden. „Elvira, leider muss ich jetzt bis hoch zum Hotel fahren, weil ich hier nicht umdrehen kann. Hältst Du so lange noch durch?"

Sie riss die Augen auf und legte ihm die Hand auf den Arm. „Ich ... ich ... muss Dir ... etwas sagen ...", erklärte sie stockend mit schwacher Stimme. „Mich hat ... mich hat einer der Wachmänner verfolgt. Wahrscheinlich ... weil der Prinz ... erfahren hat, ... dass ... dass ich ... bei der Flucht ... geholfen habe."

„Dieser Mistkerl!", empörte sich Rottmann.

„Ich habe diesem Mann ... mit einer Metallstange ... gegen den Kopf geschlagen. Dann habe ich ihn gefesselt ... und oben auf dem Weg liegen lassen." Sie wies mit der Hand den Weg hinauf. „Er besaß eine Schusswaffe, ... die habe ich zusammen mit seinen Schuhen ... den Weinberghang hinuntergeworfen."

„Gut gemacht, Mädchen!", freute sich Rottmann. „Ach, und Du meinst, wenn wir jetzt hier weiterfahren, stoßen wir direkt auf ihn?"

Sie nickte.

„Na, dann wollen wir mal sehen", brummte der Exkommissar grimmig, drehte die Heizung auf und gab Gas. Einige Minuten später passierten sie das Schlosshotel auf einem Weinbergpfad unterhalb. Kurz davor hatte der Regen schlagartig aufgehört.

„Noch ein Stück weiter", erklärte Elvira, die sich wieder etwas aufgewärmt und erholt hatte, „bei dieser Aussichtsplattform."

Ein Stück weiter blieb Rottmann stehen. „Viel weiter geht es nicht mehr, dann müssen wir irgendwo umdrehen."

Elvira drehte den Kopf nach allen Seiten. „Hier muss es gewesen sein." Es war aber weit und breit kein Mensch zu sehen.

Elvira sah zum Fenster hinaus. „Das ist die Metallstange", erklärte sie und deutete auf die Stange, die neben dem Weg etwas verdeckt im Gras lag.

Rottmann stieg aus und untersuchte sie. Die Blutanhaftungen waren trotz des Regens eindeutig zu erkennen. Er betrachtete den Erdboden in der Nähe. „Hier ist eine Blutlache", stellte er fest. Öchsle und er marschierten ein Stück weiter um eine Kurve und sahen sich um. Weit und breit kein Mensch zu sehen. Rottmann drehte sich wieder um und setzte sich hinters Steuer. Öchsle nahm wieder zu Elviras Füßen Platz. „Der Typ ist offensichtlich weg", erklärte er. „So schlimm kann es dann wohl nicht gewesen sein."

Elvira war irgendwie erleichtert. Rottmann drehte um und fuhr wieder denselben Weg zurück. Weder er noch Elvira wollten das Risiko eingehen und am Schlosshotel vorbeifahren.

Eine halbe Stunde später half Rottmann Elvira die Stufen zu ihrer Eigentumswohnung hoch. Da sie so fertig war, bot er ihr an, ein heißes Bad für sie einzulassen. Dankbar stimmte sie zu. Während sie sich im Schlafzimmer von dem nassen Dirndl befreite, zog Rottmann seine Schuhe und seine Joppe aus, ging ins Badezimmer und drehte den Wasserhahn auf. Öchsle verzog sich unter den Wohnzimmertisch. Die Wanne war bodengleich ins Eck gebaut und ausgesprochen geräumig. Der Wasserstrahl war sehr stark, es würde also nicht lange dauern, bis sie vollgelaufen war. Er wollte schon gehen, als er am gegenüberliegenden Wannenrand einen Flakon mit einem Badezusatz entdeckte. Sicher würde sie sich über ein Schaumbad freuen! Er kniete nieder, griff über die Wanne hinweg, um die Glasflasche zu erreichen. Er wusste hinterher nicht, wie es passierte, jedenfalls bekam er plötzlich das Übergewicht und platschte mit einem heiseren Aufschrei, in voller Montur, in die Wanne.

„Tja, Erich, so kann man seine große Wäsche auch erledigen. Gewissermaßen alles in einem Waschgang!" Elvira lachte herzlich, als sie die Szene betrachtete. Während Rottmann sich noch prustend das Wasser aus den Augen wischte, ließ Elvira ihren Bademantel fallen und stieg, wie Gott sie geschaffen hatte, in die Wanne. Sie griff sich den Flakon und goss etwas von der Substanz in den Wasserstrom des Hahns. Sofort schäumte es hoch auf.

„Aber ... Elvira ...", stotterte Rottmann ziemlich schockiert und hielt sich mit der Hand die Augen zu.

„Mein Gott, Erich", rief sie laut, „stell Dich nicht so an! Schon im Mittelalter haben Männlein und Weiblein in den Badehäusern gemeinsam in einem Trog gebadet. Außerdem hast Du doch noch Deine ganzen Klamotten an. Wenn Du dann den Dreißig-Grad-Waschgang beendet hast, kannst Du sie ja ausziehen." Sprachs und lehnte sich mit geschlossenen Augen genießerisch zurück.

Es dauerte eine Weile, dann begann Erich Rottmann tatsächlich, sich von seinen Kleidungsstücken zu befreien. Schließlich konnte er nicht triefend nass durch die Wohnung laufen. Immer wieder warf er schnelle Blicke zu Elvira, die schien aber eingeschlafen zu sein. Ganz beiläufig stellte er fest, nicht alles, was er da zu sehen bekam, waren Schaumberge ...

Eine halbe Stunde später kam Leben in Elvira. „So, ich verlasse Dich jetzt und bereite uns einen kleinen Imbiss vor. Ein Schlückchen Silvaner wirst Du sicher nicht verschmähen."

Ehe Rottmann etwas sagen konnte, stand sie auf, griff sich die Handbrause und duschte sich den Schaum vom Körper. Rottmann hielt krampfhaft die Augen geschlossen. Also ... fast ganz .... Nachdem sie sich in ihren rosaroten Bademantel gehüllt und ihm ein Badetuch hingelegt hatte, drehte sie sich beim Gehen noch einmal um und warf ihm einen spitzbübischen Blick zu.

„Erich, Du kannst wieder die Augen öffnen und durchatmen … Ach, eine Frage, gehst Du immer mit diesem kleinen Schnorchel in die Badewanne …?" Und schon war sie draußen. Ihr Kichern war deutlich zu hören.

Die Rosengasse lag in tiefer Finsternis. Alle Anwohner schliefen. Da trat ein älterer Herr gesenkten Hauptes, gehüllt in einen rosaroten Bademantel, in der Hand eine Plastiktasche mit nassen Kleidungsstücken, gefolgt von einem schwarzen Hund, aus einem Hauseingang und huschte hastig zum Eingang des Nachbarhauses. Dabei ließ er ein inniges Stoßgebet an alle vierzehn Heiligen los, mit der Bitte, zu verhindern, dass ihn irgendein Nachbar dabei beobachtete.

Epilog

Noch in der gleichen Nacht:

Gegen drei Uhr morgens öffnete sich die Tür des Refugiums des Schlosshotels Steinburg. Eine größere Anzahl Frauen und Männer verließ eilig das Gebäude. Sie stiegen in die wartenden Luxuslimousinen und besetzten mit reichlich Gepäck Kleinbusse. Ein Verletzter mit einem Kopfverband wurde von zwei anderen Männern gestützt. Die ganze Aktion dauerte ungefähr fünfzehn Minuten, dann fuhr der Konvoi über die Kastanienallee in Richtung Stadt davon. Eine Stunde später hoben zwei Großraumhelikopter vom Flugplatz Schenkenturm ab und starteten in Richtung Frankfurt. Prinz Faisal bin Yusuf 'Asada Aljabal, genannt der Berglöwe, zog seine Krallen ein und bestieg dort mit seinem Anhang einen Privatjet, der wenig später in Richtung Baramutha abhob. Der Konsul und der verletzte Achmed waren wenig später mit einem Mietwagen auf dem Weg nach Berlin. Der Konsul hatte den Auftrag, unter allen Umständen den Aufenthalt von Yusuf und Shirin zu ermitteln, um sie dann in die Heimat zu verschleppen. Von den beiden gab es jedoch keinerlei Spur.

Zwei Tage später:

Die Stadtoberen von Würzburg wurden von dem fluchtartigen Aufbruch ihres Investors völlig überrascht. Keiner konnte sich erklären, was geschehen war … und die davon wussten, schwiegen. Das Management des Hotels ließ anfragen, an wen man die respektable Rechnung für den Aufenthalt und den Empfang der arabischen Delegation schicken könne. Der Kämmerer der Stadt brütete tagelang über dieser Kostenaufstellung und überlegte, auf welchem Haushaltstitel er diese Aufwendungen verschwinden lassen konnte. Nachdem der Oberbürgermeister mehrfach vergeblich versuchte, über die Botschaft in Berlin Kontakt zum Prinzen aufzunehmen, legte man die Pläne für das Projekt *Seilbahn* in eine spezielle Schublade, wo es sich bei anderen unvollendeten Projekten in bester Gesellschaft befand.

Ungefähr drei Monate später:

Erich Rottmann schwenkte, kurz nach zwölf Uhr mittags, vom Morgenstammtisch kommend, gut gelaunt in die Rosengasse ein. Auch Öchsle sah rundherum zufrieden aus, hatte er doch ein ordentliches Stück Leberkäs von der Portion seines Menschen abbekommen. Mit Stirnrunzeln nahm Rottmann einen großen, geschlossenen Pferdeanhänger wahr, der mitten in der Rosengasse direkt vor seiner Haustür stand.

„Der stopft ja die ganze Gasse zu", mokierte sich Rottmann. Als er näherkam, sah er Elvira Stark, die vorne am Auto stand und sich angeregt mit einem Mann unterhielt.

„Was ist denn hier los?"

Elvira war ziemlich durcheinander, wie es ihm schien. „Erich, das musst Du Dir selbst ansehen!"

Der Mann war mittlerweile nach hinten an die Ladeklappe des Transporters gegangen und öffnete. Einen Moment später verschlug es Erich Rottmann tatsächlich die Sprache. Mit großen Augen blickte er auf die Hinterteile … von zwei ausgewachsenen Kamelen! Eines der Tiere scharrte nervös mit den Vorderläufen und begann plötzlich laut zu schreien. Die Lautäußerungen klangen wie das gurgelnde Röhren eines Löwen und schallten markerschütternd durch die Rosengasse.

Sie waren derart durchdringend, dass Öchsle verschüchtert einen Satz zur Seite machte und vorsichtshalber hinter seinem Menschen in Deckung ging.

Der Mann schlug schnell die Ladeklappe wieder zu und umgehend trat Ruhe ein.

„Können Sie mir sagen, was … was das soll?" Rottmann fand langsam seine Sprache zurück.

Der Fahrer holte aus der Beintasche seiner Hose einen Lieferschein heraus. „Zwei Kamele für Herrn Erich Rottmann, Adresse Rosengasse …", er wies mit der Hand auf die Hausnummer. „Mehr kann ich Ihnen nicht sagen, ich bin nur der Spediteur." Er fasste in die andere Beintasche und brachte einen Umschlag zum Vorschein. „Den soll ich Ihnen aushändigen."

Rottmann betrachtete das Kuvert. Keine Anschrift, kein Absender. Er riss ihn auf. Es befand sich ein Brief darin, der in deutscher Sprache abgefasst war.

„Liebe Frau Stark, lieber Herr Rottmann, Shirin und ich sind mittlerweile glücklich in Australien angekommen. Es war eine lange Odyssee, ehe wir unser Ziel erreichten. Sie werden sicher verstehen, dass wir unseren Aufenthalt geheim halten, da der Arm des Prinzen sehr weit reicht. Wir wollen Ihnen beiden danken, denn Sie haben unser Leben gerettet. Mein Vater schickt Ihnen zwei wertvolle Reitkamele, Stuten aus seiner Zucht. Mögen Sie mit ihnen viele schöne Ausritte machen.

Allah sei mit Ihnen

Shirin und Yusuf"

Rottmann sah das Blatt an und schüttelte völlig fertig den Kopf. „… und jetzt?"

„Die Tiere benötigen auf jeden Fall Futter und Wasser!", erklärte der Spediteur.

„Hier auf der Rosengasse …?" Elvira war genauso überfordert wie Erich Rottmann.

Der Fahrer schüttelte den Kopf. „Wieso hier ...? Hat das nicht in dem Brief gestanden?"

Rottmann sah ihn ratlos an und zuckte mit den Schultern.

„Na, ich muss jetzt noch weiter. Mein Auftrag lautet, Ihnen die Kamele zu zeigen, den Brief zu übergeben und dann die beiden Stuten in den Tierpark nach Sommerhausen zu schaffen. Dort ist schon alles für sie vorbereitet." Er führte einen Finger grüßend an die Stirn und setzte sich in sein Auto. Einen Augenblick später war er wieder aus der Rosengasse verschwunden.

Elvira und Erich sahen dem Gespann hinterher, als hätten sie einen Geist gesehen. Sie mussten sich wohl damit abfinden, dass es ab jetzt in Unterfranken zwei Kamele mehr gab!

Wie sollte Rottmann das seinen Stammtischbrüdern beibringen?

Ungefähr sechs Monate später:

Der DADORD WÜRZBURCH – DIE KRALLEN DES LÖWEN kam im Januar des nächsten Jahres in die Kinos. Die Premiere wurde in Würzburg im CINEMAX gefeiert. Der Regisseur Schöpf-Kelle, alias Axel Strick, alias Aksal Ben Habl abu Aksal bin Habl, ließ sich mit tosendem Applaus feiern. Sabrina Schmätzle-Eifrig, alias Weinprinzessin Annerose Löffler, fehlte auf der Premierenfeier, da sie bereits eine gut bezahlte Rolle in einer Soap des Bayerischen Fernsehens angenommen hatte. Rottmann und Elvira ließen sich ebenfalls entschuldigen, weil sie sich angeblich um zwei Kamele kümmern müssten.

Der Film war ein Wahnsinnserfolg. Von der Kritik wurde die beispiellose Kameratechnik mit verschiedenen Bodycams und einer schwebenden Steadycam gelobt, die es ermöglichten, hautnah Bilder und Szenen zu erzeugen. Schöpf-Kelle träumte nachts von der *LOLA* und im kommunalen Untergrund wurde von diversen politischen C-Promis gemunkelt, man habe den Film bereits in der Bayerischen Staatskanzlei angesehen, dann aber von einer Nominierung für den *Bayerischen Filmpreis* abgesehen. Grund dafür wäre, ein Mitglied der Jury, ein eingeborener Niederbayer, hielt die teilweise aus dramaturgischen Gründen in arabischer Sprache wiedergegebenen Filmsequenzen irrtümlich für unverständliche unterfränkische Mundart und monierte das Fehlen von Untertiteln.

Der Gemeinderat von Rimpar wurde von der Woge der Begeisterung, die dieser Film auslöste, regelrecht überschwemmt. Ganze Busladungen von Fans kamen nach Rimpar, um den Stammsitz von *Radiotelevision Rimpar-HD* zu besuchen. Man erwog die Schaffung eines Kulturpreises, verschob dann aber die Abstimmung darüber einstimmig bis in die ferne Zukunft, um dann nach dem Ableben des Hauptdarstellers Axel Strick die Benennung einer Gasse nach ihm zu prüfen.

Der ganze Ruhm und der damit verbundene Stress hatten das Orga-Team von *RtR-HD* sehr stark mitgenommen. So entschieden sie, beim nächsten DADORD WÜRZBURCH wieder auf das bewährte Schema zurückzugreifen: Keine Reality, alles erfunden und erlogen und immer eine schön geschminkte Leiche! Schöpf-Kelle hatte da auch schon eine völlig irrwitzige Idee: In einer Würzburger Faschingsgesellschaft könnte man doch einen narrenfeindlichen Mord platzieren …

***

In der *Schoppenfetzer*-Reihe von Günter Huth sind bisher folgende Bände erschienen:

Die *Simon Kerner Thriller* von Günter Huth

---

* Auch als eBook erhältlich.